2

아제로스의 여행자

제우미디어

월드 오브 워크래프트 : 아제로스의 여행자 2

초판 1쇄 | 2017년 8월 10일

지은이 | 그렉 와이즈먼
옮긴이 | 김수아

펴낸이 | 서인석
펴낸곳 | 제우미디어
출판등록 | 제 3-429호
등록일자 | 1992년 8월 17일
주소 | 서울시 마포구 상수동 324-1 한주빌딩 5층
전화 | 02-3142-6845
팩스 | 02-3142-0075
홈페이지 | www.jeumedia.com

ISBN | 978-89-5952-564-5
        978-89-5952-562-1(set)
• 파본은 구입하신 서점에서 교환해드립니다.

제우미디어 소설 공식 카페 | cafe.naver.com/jeunovels
제우미디어 페이스북 | www.facebook.com/jeumedia

만든 사람들
출판사업부 총괄 손대현 | **편집장** 전태준 | **책임 편집** 이경인 | **기획** 홍지영, 최현준, 박건우, 장윤선
디자인 총괄 디자인 수 | **제작** 김금남 | **영업** 김영욱, 박임혜

TRAVELER

여행 중 만난 친구들 (2)

탈리스 그레이오크

나이트 엘프인 칼도레이. 그 중에서도 변신의 대가인 드루이드 종족이다. 나이가 매우 많은 데다 여러 지식에 해박하고, 이야기하기를 좋아한다. 변신 능력 외에도 자연과의 조화를 중요시하는 마법을 사용한다.

쓱싹

오크들에게 붙잡혀 있던 어린 덩굴발 놀. 성난꼬리 부족을 그린 아람의 그림을 '좋은 마법'이라 여기며, 자신을 진심으로 대하는 아람의 태도에 감화되어 일행이 된다.

양털수염

나이 많은 타우렌. 본래 이름은 따로 있지만 무성한 수염 때문에 양털수염이라는 별명으로 불린다. 한 쪽 다리를 잃어 의족을 착용한다. 오랜 기간 오크들의 노예로 살아왔기에 진짜 이름을 밝히길 꺼려한다.

머르글리와 머르를

머키의 숙부와 숙모이다. 몸집이 더 큰 쪽이 숙모이며 목소리가 걸걸한 쪽이 숙부. 멀록임에도 불구하고 어부로서의 자질이 매우 부족한 머키를 걱정하지만, 그만큼 조카를 아끼는 마음을 가지고 있다.

혈투의 전장 골두니 오우거들

고르독

오우거 부족인 골두니의 왕. 몸집이 매우 크며, 지루한 것을 싫어한다. 부하들이 잡아온 포로들을 서로 싸우게 하여 여흥거리로 삼는다. 잔인한 성격의 소유자이지만 머리가 별로 좋은 편은 아니다.

워르독

넓은 등을 가진 오우거. 왕인 고르독과 거의 비슷할 만큼 몸집이 크다. 고르독을 만족시키기 위해 근처의 마을을 습격하여 포로들을 잡아온다. 부하들을 잘 통솔하며, 왕에게 잘 보이기 위해 꾀를 쓰기도 한다.

오우거 소녀

왕좌 옆에 서서 시중을 드는 소녀. 고르독에게 이유도 없이 호통을 듣거나 단지 힘을 과시하기 위해 휘두르는 주먹에 맞는 등 다른 종족의 노예들과 다를 바 없는 취급을 받는다.

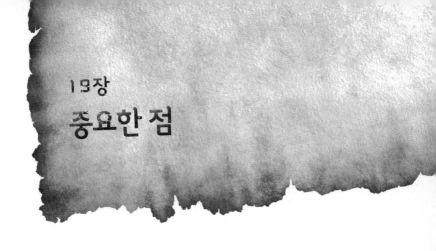

13장
중요한 점

아침이 왔을 때, 마카사는 기분이 좋아 보였다. 상냥한 태도로 머키에게 연어를 줘서 고맙다고 하고는 작별 인사를 하기 전에 행운도 빌어주었다. 하지만 머키는 괴로워 보였다.

"응크, 응크. 머키 아옳옳옳 옳옳옳옳 옳옳옳므르크사, 우룸, 아옳?"

아람이 미소를 지은 채 말했다.

"우리랑 같이 가고 싶어 하는 것 같은데요."

"뭐라고? 안 돼! 절대 안 돼!"

"왜요?"

"네 뒤를 봐주는 것만으로도 아주 힘들어. 먹는 입을 더 늘릴 수는 없어. 게다가 대화도 안 통하잖아!"

"전 조금씩 대화가 되기 시작했어요."

"그건 중요하지 않아." 마카사가 으르렁거렸다.

"그럼, 뭐가 중요한데요?"

"중요한 점? 중요한 점이 뭐냐고?"

마카사는 소리치고 있었는데, 그건 좋지 않은 징조였다. 그때 마카사의 목소리가 속삭임으로 바뀌었고, 그건 아람에게 더 안 좋은 징조였다.

"문제는, 쏜 선장님께서 돌아가셨다는 거야. 우리 선원들도 모두 죽었어. 이 땅엔 오우거와 빌어먹을 뱀만 득실거리고 먹을 것도 없어. 너와 난 사실 가망도 없고 아마 곧 죽고 말겠지. 게다가 너희 아버지한테 진 목숨 빚도 아직 갚지 못했어. 그분이 돌아가셨으니 영원히 갚지 못하겠지. 일분일초가 흐를 때마다 갚을 가능성이 점점 더 작아지고 있어. 아람, 난 못 해. 책임을 하나 더 늘릴 수는 없어. 맹세컨대, 난 이미 한계야. 그게 중요한 점이야."

마카사는 눈을 깜빡이며 눈물을 참았다.

"중요한 점은…." 쏜 선장은 이렇게 말했었다.

"고향은 장소가 아니라는 것이다. 고향은 네가 삶을 공유하기로 선택한 사람들이야. 가족은 고향을 만들지. 고향이 가족을 만드는 게 아니라. 그리고 세상에는 온갖 종류의 가족이 있단다."

마카사의 말이 끝나고 아람은 이상한 행동을 했다. 솔직한 마음에서 우러나온 행동이긴 했지만, 아람과 마카사 두 사람을 다 알거나 둘이 같이 있는 걸 한 번이라도 본 적이 있는 사람에게는 이상하게 보일 일이었다. 아람이 마카사를 안아주었다. 팔을 둘러 사슬, 작살, 방패 등등을 전부 포함하여 꼭 안아주었다. 마카사는 뻣뻣하게 굳은 채 그저 팔을 옆으로 늘어뜨리고 있다가 천천히 팔을 올려 아람을 같이 안았다. 뺨을 아람의 정수리에 댄 채 긴 한숨을 내쉬었다. 아람은 그런 생각이 들었다. 우리 둘 다 그분을 사랑했지. 마카사의 생각도 다르지 않았다. 굳이 입 밖으로 말할 필요는 없었다. 이번만은 서로 무슨 생각을 하는지 잘 알았다. 둘은 한 아버지를 애도하는 남매와 같았다. 둘 다 눈을 감은 채 아무 말도 하지 않았다.

　"아아아옳옳아아아."

　머키가 다리로 두 사람을 안으며 떠들어대는 통에 분위기가 깨졌다.

　마카사가 곧바로 물러나 팔로 눈가를 훔쳤고 아람도 더러운 소맷자락으로 눈물을 닦았다. 아람은 어깨를 으쓱하면서 마카사에게 미소를 보냈다.

　마카사는 아람을 한 번 째려보고는 돌아섰다. 잠시 후 마카사의 입에서 나온 말은 의외였다.

　"좋아. 따라와도 돼. 하지만 멀록은 네가 책임져, 우름."

　"당연하죠, 므르크사."

머키가 제자리에서 깡충깡충 뛰었다.

"아옳, 므르크사! 아옳, 우룸!"

마카사 플린트윌은 절레절레 고개를 저었지만 조금은 즐거워한다는 걸 아람은 알 수 있었다. 마카사는 계속 걸었다. 아람과 머키도 그 뒤를 따랐다.

아람에게는 여동생이 있었다. 그리고 남동생도 있었다. 하지만 마카사가 진짜 누나였다는 사실을 지금 알았다. 마카사는 가족이었다. 몇 달 내내 이미 가족이었는지도 모르지만, 이제야 깨달았다. 아람이 전혀 깨닫지 못했던 이유는 언제나 자기가 맏이로서 동생들을 돌보고 때론 장난치며 보살폈기 때문이었다. 그런데 아람한테는 마카사가 바로 그런 존재였다.

마카사가 어떤 느낌일지 아람은 잘 알았다. 두 동생을 돌보는 일이 싫진 않았지만, 채석장으로 놀러간다든가 할 때 둘을 돌보느라 놀러가지 못하면 화가 치밀어 오르고 짜증이 났었으니까.

"형제나 자매가 있어요?" 아람이 마카사를 따라잡으며 물었다.

"그건 왜?"

마카사가 걸음을 늦추지 않고 의아하다는 듯 되물었다. 그 질문에 대답하지 않은 채, 아람은 대신 자기 이야기를 꺼냈다.

"전 남동생 로버트슨과 막내 여동생 셀리아가 있어요."

"난 오빠가 셋 있어. 아다셰, 아카싱가, 아말레."

마카사의 대답에 아람이 생각했다.

'그래서 그랬구나. 난 막내 노릇하는 게 익숙하지 않고 마카사는 맏이 노릇을 하는 게 익숙하지 않아. 우리가 항상 서로 으르렁거리는 것도 당연하네.'

"…있었어." 마카사가 조용히 덧붙였다.

"뭐라고요?"

"오빠 셋이 있었다고. 지금은 없어. 죽었지. 모두 다. 너희 아버지가 아니었으면 나도 같은 신세가 되었겠지."

마카사가 아람을 힐끗 쳐다봤다. 아람은 크게 당황하며 침을 꿀꺽 삼켰지만 다행히 연민의 시선으로 쳐다보지는 않았다. 그랬다가는 마카사가 가만있지 않을 테니까.

머키가 다른 쪽에서 다가오며 말했다.

"머키 아옳옳 옳옳 옳옳 옳옳옳옳 아옳옳, 므르크사."

마카사는 머키를 쳐다보고는 확신 없이 대답했다.

"고맙다고?"

머키는 만족하며 고개를 끄덕였다.

셋이 나란히 침묵 속에서 걸어가는 동안 아람은 땅만 내려다봤다. 자신이 근심 걱정 없는 삶을 살았다는 사실을 잘 알고 있었다. 파도타기호에서 공격받았던 일은 지금까지 있었던 일 중에서 가장 안 좋은 일이었다. 그 정도로 안 좋았던 사건은 아버지가 가족을 버렸던 일뿐이었다. 두 가지 다 아이가 겪기에는 끔찍하게 안 좋은 일이었다. 그러나 아람은 언제나 자신의 감정과 자신이 겪는 일에만 몰두했기에 마카사가 어떤 일들을 겪었는지에 대해선 생각해본 적이 없었다. 파도타기호의 사건은 아람에게도 비극이었지만 마카사에게도 비극이었다. 쏜 선장이 아람의 아버지였듯 배에서는 마카사의 아버지였을 테니까. 그리고 아람은 마카사의 과거를 전혀 알지 못했다. 단 한 가지, 오빠가 셋 있었지만 다 죽었다는 것만 제외하고.

"혹시 하고 싶은⋯." 아람이 입을 열었다.

"아니야!"

마카사는 강력하게 부인했지만 곧 부드럽게 한마디 덧붙였다.

"지금은 아니야."

일행은 협곡과 강을 따라 황폐해진 땅의 밑동만 남은 나무와 검게 타버린 풀밭을 가로지르며 계속 이동했다.

그날 오후 늦게, 머키는 물을 마실 수 있도록 가파르지만 강으로 걸어 내려갈 수 있는 길을 안내했다. 이로써 머키는 아람에게, 그리고 마카사에게도 어느 정도 자신의 가치를 증명한 셈이었다. 아침과 점심을 걸렀기에 마카사는 마지막 남은 건빵을 준비하면서 마지못해 머키에게도 나누어주었다.

"그게 다야. 더는 없어."

머키는 허리에 감아두었던 그물을 풀기 시작했다. 아람과 마카사 둘 다 괜찮은 판단이라고 생각했다. 물고기로 저녁을 먹을 수 있다면 좋을 터였다. 그러나 잠시 후, 머키는 또다시 자기 그물에 얽혀 꼼짝할 수 없는 상태가 되었다.

머키는 그물에 엉키고 저 그물코에서 팔다리를 빼냈다가 이 그물코에 다시 걸렸고, 빠져나오려고 애쓰다가 비명을 질렀다. 머키가 다친 줄 알고 아람이 서둘러 한 손을 빼내주자마자 머키는 협곡 꼭대기를 가리키며 "으르르르르! 으르르르르!"라고 외쳤다. 두 사람도 협곡 위를 쳐다봤지만, 아무것도 보이지 않았다.

머키는 두려움에 휩싸인 채 으르렁거리면서 마카사의 흰날검에 손을 뻗었다. 마카사는 그 손을 탁 치고는 말했다.

"건드리지 마!"

"므르크사 아읗읗읗!"

머키는 가상의 검을 휘두르는 행동을 하다가 곧바로 아람의 흰날검을 가리키며 말했다.

"우룸 아읗읗읗!"

마카사와 아람은 본능적으로 위험을 감지하고 검을 뽑았다.

"뭘 보고 저러는 거죠?"

"모르겠어."

마카사가 절벽의 측면을 살피며 말을 이었다.

"뭔지는 몰라도 그것 때문에 머키가 겁먹은 건 분명해. 경계를 늦추지 마."

마카사는 머키를 휙 돌아보며 말했다.

"머키를 그물에서 꺼내줘. 아니면 저대로 버리고 갈 수밖에 없어."

"버리고 가면 안 돼요. 우리에게 경고해준 게 머키잖아요."

마카사가 누구도 버리고 갈 생각이 없다는 걸 알면서도 다짐시키듯 말했다.

마카사는 그물을 잘라서 머키를 꺼내주려고 생각한 듯했다. 그런데 머키는 공포에 휩싸인 채 비명을 질렀다.

"응크! 응크! 머키 아웅웅올올올 아웅웅웅웅 아웅롤롤롤 응크 머머머머멀록!"

그때 울림이 있는 낯선 목소리가 뒤에서 들려왔다.

"멀록은 항상 자기 그물을 지켜야 하지."

마카사와 아람이 휙 돌아섰다. 두건 달린 검은 로브를 입은 장신의 형체가 그들 뒤에 서 있었다. 이렇게까지 가까이 왔는데도 기척을 느끼지 못했다는 사실에 마카사는 스스로에게 화가 났다.

느닷없이 나타난 인물은 두건에 얼굴이 가려져 있어 곧바로 속삭이는 남자가 떠올랐다. 그러나 속삭이는 남자는 아니었다. 가만히 두건을 살펴보니, 이 낯선 이의 머리가 어마어마하게 크다는 사실을 알 수 있었다. 게다가 몸을 잔뜩 구부린 채 지팡이에 의지하고 있는데도 마카사보다 적어도 한 뼘 정도 더 컸다.

"두려워하지 마라. 아무런 해도 가하지 않을 테니."

말투가 부드러운 건 속삭이는 남자와 비슷했지만, 풍성하고 따뜻한 음색이 느껴졌다.

그물에 얽혀 있던 머키가 갑자기 납작 엎드리며 속삭였다.

"쿨두르르르으."

아람은 알아듣지 못했지만 마카사가 검을 세우지 않자 자기 검을 꺼내 들고 대기했다.

"드루이드야." 마카사가 말했다.

아람은 그제야 알아들었다. 목이 바짝 타들어가면서 침을 삼키는 행동 하나하나가 의식되었다. 쏜 선장이 가르쳐준 바에 따르면 칼도레이었다. 나이트 엘프. 변신의 대가 드루이드였다.

아람의 생각을 확인시켜주기라도 하듯 낯선 이는 팔을 뻗어 두건을 벗었다.

"천천히 하십시오." 마카사가 말했다.

"물론이다."

드루이드는 침착하고 조용히 행동했다. 두건이 내려가면서 줄이 그어진 남색 피부, 뾰족한 귀를 가리는 얼음 빛 긴 머리칼, 별빛을 받아 반짝이는 은빛 눈, 거대한 갈색 뿔과 함께 폭이 좁고 아주 나이든 얼굴이 드러났다.

"적어도 열 개에서 열두 개."

마카사가 드루이드의 갈라진 뿔을 세며 혼잣말처럼 중얼거리더니 제 목소리로 또박또박 말했다.

"당신이 그 수사슴이군요. 그렇죠?"

"유감스럽지만, 인정한다."

드루이드의 목소리에는 표정에서와 마찬가지로 웃음이 묻어났다.

"우릴 지켜보고 있었군요." 질문이 아닌, 확인이었다.

"다시 한 번 인정한다."

드루이드는 이러한 심문 과정을 재미있어하는 듯했다.

"우리를 미행하셨군요."

"음, 그건 아니다. 내가 가는 방향과 대부분 같아서 그랬을 뿐이다. 하지만 그대들을 지켜보면서 여정이 더 즐겁긴 했지."

"당신을 저녁 식사거리로 죽일 뻔했어요."

마카사가 못마땅하다는 듯 뚱하게 말했다.

"그럴 뻔했다. 그랬지. 마음이 상하진 않았다."

아람은 드루이드를 멍하니 쳐다보느라 아무 말도 할 수 없었다. 처음에는 그 빛나는 은빛 눈이 보는 사람을 불안하게 했다. 그러나 얼마 지나지 않아 은빛 눈에서 평온함이 느껴졌고 그 평온함은 주위로 퍼져 나갔다.

"칼도레이는 분명 눈을 씻고 다시 볼 만한 존재지."

쏜 선장은 이렇게 말했었다.

"그저 시선을 던지기만 해도 가장 강인한 전사조차 숨이 멎을 정도야. 칼도레이도 그 사실을 알고 있고. 보이지는 않겠지만 느껴질거야. 그들에게는… 어떤 분위기가 있어. 힘이지. 그 힘이 그들을 둘러싸고 가득 채우지. 도저히 저항할 수가 없어. 그러나 저항해야 해. 나이트 엘프는 좋은 친구가 될 수 있어. 하지만 끔찍한 적이 될 수도 있지. 네가 직접 만날 일이 있을지는 모르겠다, 아들아. 하지만 만나게 된다면 경계를 늦추기 전에 네가 마주하고 있는 존재가 어떤 존재인지 파악해야 한다."

아람은 아버지의 조언을 따르려고 애썼다. 그때 나이트 엘프가 다시 미소 지으며 눈썹을 치켜세웠다.

"내 이름은 탈리스 그레이오크다. 그대들은?"

말을 적당히 거르는 건 고사하고, 생각조차 하기 전에 아람의 입에서 말이 쏟아져 나왔다.

"저는 아라마르 쏜이에요. 그냥 아람이라고 부르셔도 돼요."

마카사가 노려봤지만 아람은 가볍게 어깨를 으쓱하고는 계속 떠들어댔다.

"이쪽은 마카사 플린트윌이고, 저쪽은 머키예요."

"모두들 만나서 반갑다. 그리고 당분간 동행이 된다면 좋겠구나."

"저희는 이미 원래 계획한 인원을 초과했습니다."

마카사가 거절의 뜻을 분명히 했다.

"그렇다면 하나쯤 더 늘어도 상관없겠지. 특히 기꺼이 나눌 음식을 한 꾸러미 가득 가지고 있는 자라면."

마카사와 아람은 의미 있는 시선을 교환했고, 탈리스의 은빛 눈은 즐거운 듯 반짝였다.

"해가 지고 있다. 그리고 난 이쪽 길로 가본 적이 있지. 야영지로 삼기 좋은 곳을 안다. 내 뒤를 따라온다면 등에 칼을 겨누고 감시하기도 쉽겠지."

탈리스는 그렇게 말하더니 껄껄 웃고는 태평하게 아람과 마카사 사이를 지나 걸음을 옮겼다. 발걸음을 멈추지 않은 채 그물 끝을 살짝 잡아당기자 머키가 굴러 나오면서 자유를 되찾았다.

머키는 재빨리 그물을 줍고는 나이트 엘프 뒤를 따라가며 말했다.

"아옳, 아옳, 쿨두르르르으."

아람이 마카사를 쳐다봤다. 마카사는 마지못한 듯 고개를 끄덕이고는 뒤를 따랐다. 하지만 아람은 마카사가 준비 태세로 휜날검을 손에 쥐고 있는 걸 보았다.

탈리스라는 나이트 엘프가 '가는 방향이 우연히 같았다'고 한 말을, 마카사는 믿지 않았다. 마카사는 기억력이 좋은 편이었기에 해적 선장이 트롤, 오우거, 포세이큰 세력을 휘하에 두었던 일을 쉽게 떠올릴 수 있었다. 그렇다면 드루이드라고 해서 한패가 아니라는 보장도 없지 않은가?

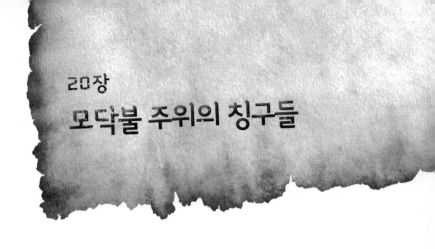

20장
모닥불 주위의 칭구들

다 같이 모닥불 주위에 둘러앉아 있는 동안 탈리스가 꾸러미에
서 야생 당근, 깍지 콩, 감자, 나이트 엘프 향신료를 꺼내 스
튜를 만들었다. 드루이드는 마카사에게 눈을 찡긋하면서 "사슴 고
기는 없다."고 말했다. 스튜를 저으며 드루이드는 순서에 주의해
채소를 수확하면 더 많이 자라게 할 수 있다는 이야기를 해주었다.

"그건 당연히, 드루이드로서 내가 할 일이다. 내가 할 수 있는 일
을 해서 야생을 보호하지."

아람은 탈리스의 이야기에 매료되었다.

"날짐승이나 네발짐승 말씀인가요?"

"음, 내 전문은 동물이 아니라 식물이다. 하지만, 그렇지. 소위
지각이 있는 종이라 자부하는 우리는 믿을 수 없을 만큼 지각없는

행동으로 자연의 질서를 해친다. 드루이드는 복원, 회복, 보살핌으로 균형을 맞추려고 노력하지."

"마법으로도." 마카사가 시큰둥하게 덧붙였다.

"꽃이 피는 건 마법이 아니더냐? 양이 암컷으로 태어나는 신비는 아직 밝혀지지 않은 수수께끼가 아니더냐? 그래, 나는 일종의 마법을 쓰는 자이지. 하지만 내 말을 믿어라. 내 마법은 자연의 질서를 따르는 것이다. 특히 이쪽 부근의 나무를 모조리 베어버리는 데 쓰이는 도끼, 대장간에서 만들어진 그 도끼와 비교한다면 분명 그렇지."

탈리스에게는 작은 스튜 냄비와 큰 숟가락이 하나씩밖에 없었다. 그래서 넷은 손이나 혀를 데지 않도록, 담요를 작게 접은 다음 그 위에 스튜를 올린 뒤 차례로 돌려가며 먹었다. 넷으로 나누니 양은 풍족하지 않았지만 따뜻하고 진했으며 풍미가 있는 한 끼였다. 머키는 향신료에 상당히 깊은 인상을 받았는지 병에 남은 내용물을 목구멍에 그대로 부었다. 그 바람에 안 그래도 튀어나온 눈이 더 튀어나왔고, 끈적끈적한 침을 하도 뱉어내서 모닥불이 꺼질 지경이었다. 다행히도 그 칼도레이는 이런 상황을 예상했는지 냄비를 멀찍이 치워 소중한 스튜를 지켜냈다.

머키는 강으로 달려가 몇 분간 머리를 물속에 담그고 있었다. 그러고는 물이 뚝뚝 떨어지는 채로 돌아와 침을 줄줄 흘리며 사과했다.

"머키 아옳, 쿨두르르르으. 아옳, 아옳, 쿨두르르르으."

"탈리스라고 불러라."

"들루스."

"탈리스."

"들루스….'

"아니다. 탈. 리. 스."

"둘. 루. 스. 둘루스."

"그 정도면 됐다." 탈리스는 금방 포기했다.

"안녕하세요, 둘루스. 저는 우룸이고 이쪽은 므르크사예요."

"둘루스, 우룸, 므르크사, 으 머키!"

아람의 말에 머키가 손뼉을 치며 신이 난 표정으로 떠들어댔다.

"둘루스, 우룸, 므르크사, 머키, 아옳옳오옳!"

"아옳, 아옳옳오옳." 탈리스가 고개를 끄덕이며 대꾸했다.

마카사와 아람은 놀란 듯 한목소리로 물었다.

"멀록 말을 할 줄 아세요?"

"물론이다. 너희는 못하느냐?"

"못합니다."

마카사가 탈리스를 쏘아보며 대꾸했고 아람은 그저 고개를 저
었다.

"아주 멋진 언어다. 미묘한 발음의 차이까지 익히는 건 몹시 어렵
지만. 그래도 노력할 만한 가치는 충분히 있지. 표현력이 아주 아름
답거든. 그렇게 생각하지 않느냐?"

"그냥 횡설수설처럼 들립니다." 마카사가 말했다.

탈리스는 가는 흰색 눈썹을 슬쩍 치켜세웠다.

"어느 언어나 모르는 이에게는 그렇게 들리지. 안 그런가?"

아람은 졸음이 몰려왔지만 호기심을 이기지 못하고 잠을 밀어내며 물었다.

"뭐라고 말씀하신 거예요?"

"음?" 탈리스가 물었다.

"머키가 우리 이름을 말한 다음에 뭐라고 더 말했는데, 맞다며 고개를 끄덕이셨잖아요."

"아, 그래. 우리를 모두 친구라고 했다. 아옳옳오옳. 친구."

"아옳옳오옳. 징구." 머키가 따라했다.

"친구." 아람이 고쳐 말해줬다.

"징구…."

"친구."

"칭구, 칭구."

"그 정도면 됐어."

머키도 아람도 활짝 웃었다. 탈리스는 상당히 즐거워하며 눈빛을 반짝였다.

"우룸, 머키, 칭구. 아옳옳오옳." 머키가 아람을 부추겼다.

"아람, 머키 아울룰루르."

아람이 머키의 말을 따라하자 갑자기 머키가 자신의 얼굴을 부여잡았다. 탈리스가 말했다.

"그대는 지금 버짐이라고 했다."

"그랬나요? 다시 한 번 말씀해주세요."

"아옳옳오옳."

"아아오오르올르."

그러자 머키가 웃으며 고개를 저었다.

"칭구. 칭구. 칭구 우우우우."

"이 녀석이 양보했구나. '칭구'로도 괜찮다고 한다."

"이번엔 제가 뭐라고 했나요?"

"맛있는 버짐."

"우웩."

"아무래도 그렇지."

아람이 스케치북을 꺼내 들자, 즉시 마카사가 말했다.

"그 빌어먹을 스케치북에 내 모습을 그리지 않는 게 좋을걸."

"그려달라고 부탁하기 전에는 그리지 않는다고 약속해요."

평소처럼 대답하면서도 아람은 처음으로 마카사가 자신을 그려
달라고 했으면 좋겠다는 마음이 들었다. 대신 침을 꿀꺽 삼키고는
나이트 엘프를 돌아보며 물었다.

"그려도 괜찮을까요?"

"물론이지."

탈리스가 일부러 우스꽝스럽게 고상한 자세를 취하며 말했다.

"어느 쪽이 더 잘생겨 보이느냐?"

머키가 아람 뒤로 다가와 그림 그리는 것을 지켜보았다.

"우우아아아. 음음음음 아옳옳올록."

"뭐라고 했나요?" 아람이 물었다.

"좋은 마법. 그대 그림이 그렇다고 한다."

탈리스가 무심히 대꾸했다.

가슴이 먹먹해졌다. 탈리스의 생김새를 포착하는 데만 신경 쓰려고 했지만, 갑자기 집중하기가 어려워졌다. 아버지를 마저 그려야 했다. 쏜 선장의 생명이 거기에 달리기라도 한 것처럼 그래야 한다는 생각이 강하게 들었다.

아버지, 그레이던 쏜 선장님. 아마 돌아가셨겠지. 마카사가 그렇게 말했으니까. 돌아가셨어. 확실히는 모르지만. 그리고 우리가 모르고 있는 한, 살아 계실지도 몰라. 그리고 '좋은 마법'이 상황을 바꿀지도 몰라.

아람은 탈리스를 정중선까지 그리다 말고 몇 장 뒤로 넘겨, 얼마 전 미완성 상태로 놔둔 아버지의 그림을 찾았다.

아람은 선을 그리고 지우기를 반복하면서 고심에 고심을 거듭했다. 소용없었다. 기억을 바탕으로 그림을 그리는 일은 언제나 어려웠지만, 지금 쏜 선장의 얼굴은 멀어지고 희미해진 채 기억 속에서 점점 사라지는 것이 느껴질 정도였다.

아람은 무엇이 되었든 그림을 완성하고 싶은 마음에 다시 탈리스의 그림으로 돌아왔다.

아람은 마음속 번민을 잠시라도 잊고 싶어서 서둘러 이야기를
꺼냈다.

"지난밤에 머키가 저희에게 이야기를 하나 해주려고 했어요. 그
런데 하나도 못 알아들었죠."

그때 아직 뒤에 있던 머키가 위아래로 뛰기 시작했다. 머키의 행
동에 마음이 불편해진 마카사는 바닥에서 뒤척이다가 무의식적으
로 작살에 손을 뻗었다.

"머키 아르옳?" 탈리스가 물었다.

머키는 모닥불로 다가가 그물을 집어 들었다.

그러자 마카사와 아람 둘 다 손을 뻗으며 머키를 말렸다.

"으아! 그러지 마!"

"당장 그만두지 못해?"

아람이 탈리스를 보며 간절하게 부탁했다.

"그물 없이 이야기하라고 해주세요. 또 그물에 얽히게 놔두고 싶
지 않아요."

아람이 당황하자 탈리스는 역시나 재미있다는 듯 뾰족한 귀를
긁으며 말했다.

"머키 아르옳 옹크 아올로로로옳."

머키는 순간 실망한 듯했지만 곧 마음을 바꿨다.

탈리스가 머키 대신 설명하는 가운데, 머키는 그물을 집어 올리

는 동작을 했다.

"머키는 잊혀진 해안의 어촌에서 왔다고 하는구나. 그곳에서 숙부와 숙모와 살았고. 아니 사촌 형들인가…?"

"아읋읋읋름 아읋읋읋롤름." 머키가 분명히 밝혔다.

"그래, 내가 맞았다. 숙부와 숙모."

둘은 이야기를 계속 이어갔다.

"어느 날 낚시를 하러 갔다는구나. 하지만 돌아갈 수가 없었지."

"제가 맞혀보겠습니다. 자기 그물에 얽힌 거죠."

마카사의 말에 탈리스가 고개를 끄덕였다.

"그렇지. 이 작은 친구에게는 늘 일어나는 일인 듯싶구나."

마카사가 고개를 저으며 중얼거렸다.

"이 녀석의 쓸모없음은 상상을 초월하네요."

아람이 마카사에게 조용히 하라는 신호를 보냈다. 아람은 이야기를 듣는 중에 나이트 엘프와 멀록을 번갈아 보며 탈리스를 그리고 있었다. 머키는 마카사의 핀잔을 알아채지 못했는지 자기만의 공연을 계속하고 있었다.

"마을로 돌아왔을 때 모두가 사라졌다고 하는구나. 숙부와 숙모는 물론 친구와 가족 모두 사라진 모양이야."

"무슨 일이 일어난 거죠?"

아람은 잠이 확 달아나 무릎을 꿇은 채 앞으로 몸을 내밀었다.

머키가 쿵쿵거리며 모닥불 주위를 돌았다.

"으르르르르! 으르르르르!"

아주 잠깐 뜸을 들인 뒤 탈리스가 설명을 해주었고 아람은 곧바로 상황을 이해했다.

"오우거." 탈리스와 아람이 동시에 말했다.

쏘아보던 마카사의 눈빛이 사라졌다. 아람과 시선을 교환하고는 파도타기호의 선원들을 베어버린 것도 모자라 돛대를 잘라 배를 망가뜨렸던 오우거 스로그를 떠올렸다.

"어느 오우거 부족 전체가 그런 짓을 했다고 한다. 그 이름이…."

"그르루룬데 클룬 아르르르르."

머키가 같은 말을 한 번 더 반복하고는 침을 튀기며 화를 내고 빠른 소리로 고함쳤다.

"오우거의 골두니 부족이라고 하는 것 같구나. 머키 말로는 그들이… 음, 그들에 대해 좀 저속한 표현을 쓰는군. 어쨌거나 요지는 그 오우거들이 몇 년에 걸쳐 해안을 약탈했다고 한다. 멀록과 다른 이들을 잡아가고. 하지만 마을 전체를 앗아간 적은 한 번도 없었다고 한다."

"포로로 잡아가서 뭘 하려는 걸까요?" 아람이 물었다.

"시체는 찾았다고 합니까?" 마카사가 따지듯 물었다.

탈리스와 아람이 마카사를 쳐다봤다. 아람은 마카사가 말을 돌려 하는 사람이 아닌 건 알았지만, 아무리 마카사라도 상당히 무례한 발언이라고 생각했다.

그러나 머키는 신경 쓰지 않는 듯했다. 그저 "응크."라고 답한 후 어깨를 으쓱할 뿐이었다.

머키는 이야기를 이어갔고 탈리스는 찬찬히 설명을 해주었다.

"시체는 없었다. 마을 주민들의 흔적도 전혀 없었고. 오우거들은 언제나 사냥감을 가지고 산으로 사라진다. 습격이 있었던 뒤로 한 달이 지났는데, 그 이후로 마을 주민은 단 한 명도 보지 못했다고 하는구나."

"그런 습격이 얼마나 자주 있었지?"

마카사의 물음에 탈리스가 머키를 쳐다보며 "프플플릏."이라고 중얼거렸다.

"프플플릏 플릏?" 탈리스가 분명히 하려는 듯 다시 물었다.

"플릏 플릏."

머키의 대꾸에 탈리스는 이마를 문지르며 생각에 잠겼다.

"멀록의 시간 개념은 우리가 시간을 헤아리는 방식과 다르단다. 그래서 모호하지. 추측해보자면, 몇 달에 한 번씩 습격이 있었던 듯하구나."

"해안을 따라 몇 달에 한 번씩 말입니까?" 마카사가 물었다.

"그렇다는구나."

"그렇다면 여기 낮은 언덕은 오우거의 산과 가까우니, 그만큼 습격 무리가 더 자주 내려올 수도 있겠군요. 계속 불침번을 유지해야 겠습니다."

"어젯밤에 그 이야기를 해주려 한 거예요." 아람이 말했다.

"그랬던 모양이야." 마카사도 고개를 끄덕였다.

탈리스가 일어나 기지개를 켰다.

"내가 첫 번째로 불침번을 서지. 아무래도 상관없으니까."

마카사가 탈리스를 가만히 쳐다보다 입을 열었다.

"아닙니다. 전 지금 깨어 있으니 당신이 쉬십시오."

탈리스는 미소를 지은 채 어깨를 으쓱하고는 아람에게 말했다.

"난 아직 그대 친구의 신뢰를 얻지 못했구나."

탈리스가 목소리를 낮출 생각도 하지 않고 이야기하자 아람도 그냥 말했다.

"저희가 겪은 일 때문에 신중해질 수밖에 없어요."

"그대는 신중하지 않은가?"

"저도 마찬가지에요. 그렇지만 전 마카사가 지켜주니까요."

아람이 마카사를 쳐다봤다. 둘은 서로를 향해 고개를 끄덕였다.

"그럼 그대는 마카사를 지켜주지 않는가?"

"지켜주려고 노력하지만 지키는 일은 마카사가 훨씬 더 잘하니까요."

"지키는 법을 배우는 중입니다."

마카사의 이 말은 아람이 파도타기호의 이등항해사한테서 들은 최고의 찬사였다.

"둘 다 쉬십시오. 제가 불침번을 서겠습니다."

아람은 스케치북과 연필을 주머니에 넣었다. 머키는 모닥불 가에 몸을 웅크렸다. 여전히 미소 짓고 있던 탈리스가 마카사에게 말을 건넸다.

"그대는 그대대로 불침번을 서라. 나는 나대로 설 테니. 이렇게 아름다운 밤에는 잠을 자지 않는다. 사실, 나는 9000년 동안 야생에서는 밤에 잠을 자지 않았단다."

"9… 9000년?" 아람이 헉하고 숨을 들이마셨다.

"9000년하고도 13년이지, 정확하게 말하면. 하늘봉우리 근처에서 술에 취한 밤이 있었는데 그날만 아니었다면 만 년은 족히 더 되었겠지."

머키는 벌써 코를 고는데 아람은 탈리스가 눈앞에서 모습을 바꾸기 시작하자 너무 놀라워 눈이 휘둥그레졌다. 가지처럼 생긴 뿔과 은빛 눈만이 그대로 남아 있었다. 탈리스가 몸을 굽히자 로브가 순간 반짝이더니 완전히 사라지고 팔은 앞다리가 되고 손과 발은 발굽이 되었다. 얼음 빛 머리칼은 짧아지면서 얼음 빛 털가죽으로 바뀌었고 빠르게 자라나 온몸을 덮어 내려갔다. 그리고 신비한 룬문자처럼 생긴 무늬가 그 위에 새겨졌다. 마지막으로 얼굴이 길게 늘어나며 커다란 수사슴의 주둥이가 되었다.

입을 벌린 채로 아람과 마카사는 그 수사슴이 뛰어가는 모습을 지켜보았다. 보름달이 된 달빛 아래에서 그 수사슴, 그 칼도레이가 쏜살같이 달려 나가 어두운 밤 속으로 완전히 사라질 때까지.

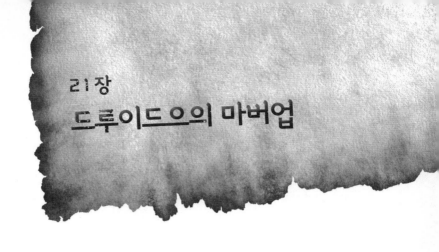

21장
드루이드으의 마버업

마카사가 파도타기호에 있을 때와는 사뭇 다르게 부드러운 태
도로 아람을 깨웠다.

"칼 뽑아. 불침번 교대해줘. 몇 시간 후면 아침이 될 거야. 나이트
엘프가 그 전에 돌아오면 날 깨워. 뭐가 보이거나 머키가 코 고는
소리 말고 다른 소리가 들려도 깨워야 해."

아람은 고개를 끄덕였다. 마카사도 되받아 고개를 끄덕였다.

"눈 똑바로 뜨고 정신 차리고 있어."

마카사는 작살과 검을 양쪽 잡기 쉬운 곳에 놔두고 죽어가는 모
닥불에 등을 돌리고서 방패를 베고 눈을 감았다.

명령받은 대로, 아람은 검을 뽑아 들었다. 몸이 더워지도록 팔을
휘둘렀다. 살며시 모닥불 주위를 몇 백 번쯤 돌았다. 그리고 경계

태세를 유지했다.

마침내 희끄무레한 빛이 일출을 알리며 동쪽에서 비쳐왔다. 같은 태양이 호숫골에서는 이미 떠 있을 시간이었다. 지금쯤 롭 아저씨는 대장간에 불을 지피고 어머니는 아침을 준비하면서 아마 검둥이더러 로버트슨과 셀리아를 깨우라고 했을 터였다.

마카사는 계속 잤다. 아람은 마카사가 새벽 내내 잘 줄은 몰랐다. 이렇게 깊이 잠든 게 아람이 불침번을 서는 동안에는 안전하다고 느낀다는 증거, 그러니까 조금은 더 믿기 시작했다는 증거인지 궁금했다. 하지만 곧 그보다는 피곤했기 때문이라고 결론을 내렸다.

마카사를 지켜보고 있을 때 무언가가 뒤에서 어깨를 쿡 찔렀다. 소스라치게 놀라 하마터면 사그라지는 모닥불 속으로 뛰어들 뻔했다. 그러나 아람이 뒤를 돌아봤을 때 발견한 것은 익숙한 은빛 눈의 수사슴이었다. 수사슴의 입에는 무언가 물려 있었다. 아람은 검을 빼든 채로 조심스럽게 다가갔다. 그것은 책이었다.

그것은… 아람이 뒷주머니를 더듬어보니 스케치북이 없었다. 거대한 짐승이 훤히 동이 튼 시간에 다가와 아람의 주머니를 터는 동안 아람은 넋 놓고 서서 마카사를 보고 있었던 것이다. 수사슴이 머리를 앞으로 내밀었다. 아람이 검을 잡지 않은 손으로 조심스레 스케치북을 받았다. 그러자 수사슴은 아람을 웃기려는 듯 일부러 고상한 자세를 취했다.

다시 마카사를 힐끗 보았다. 마카사는 나이트 엘프가 아침 전에

Thalyss 탈리스

ARAM

돌아오면 깨우라고 했었다. 그러나 엄밀히 말하면 이미 아침이 밝았고, 이 존재는 수사슴이지 나이트 엘프가 아니었다. 게다가 마카사는 분명 아주 지쳐 있었다.

머키가 신선한 당근을 으드득거리는 소리에 결국 마카사가 잠에서 깼다.

탈리스가 직립 보행 형태로 모습을 바꾸긴 했지만, 아람은 수사슴의 그림을 마무리했다.

마카사는 화가 난 채 아무 말 없이 '널 믿었는데'라는 비난의 눈초리로 아람을 쳐다봤다. 아람은 부끄러웠다. 신뢰를 저버리고 말았다. 그것도 변신의 대가인 드루이드를 사슴 모습으로 그리고 싶다는 예술적 욕망 때문에.

반성하는 눈빛을 보냈지만, 마카사는 아직 아람을 용서할 생각이 없었다. 아람을 믿었던 자기 자신도.

탈리스가 아람에게 당근을 건넸다. 그런 다음 또 다른 당근 하나를 마카사에게 건넸다. 마카사는 싫다고 손짓했다.

"화내야겠다면 화내거라. 하지만 어리석은 고집을 피우지는 마라. 뭐든 먹어두어야 한다."

"네 대장간에 불을 지펴야 한다." 아람은 무심코 중얼거렸다.

마카사는 등을 돌렸지만 그래도 당근은 받아들었다.

탈리스는 자기 꾸러미에 손을 뻗었다. 거의 비어 보였다. 마지막 당근을 꺼내 끝을 베어 물었다. 그는 당근을 우적우적 씹으며 물었다.

"목적지가 어디더냐? 나는 가젯잔으로 가는 길이다."

마카사가 미처 말리기도 전에 아람이 대답했다.

"저희도요."

"방향이 같구나. 그렇다면 이제 우리는 일행인가?"

마카사가 째려보았지만, 당근을 씹고 있는 중이라 무섭게 보이기엔 한계가 있었다.

"일행이 많을수록 안전하겠죠?" 아람이 어깨를 으쓱하며 말했다.

마카사가 아무 말도 하지 않자 아람은 그걸 동의의 뜻으로 받아들였는데 실제로도 그랬다.

"머키 응크 아옳올름 음가. 머키 음가 아옳올롬롬 칭구."

머키의 말을 가만히 듣고 있던 탈리스가 통역해주었다.

"자기는 갈 데가 없으니 좋은 친구들과 함께 여행하겠다고 하는구나."

"좋아." 마카사가 차갑게 말하고는 다시 당근을 한 입 깨물었다.

일행은 여행을 다시 시작했다.

탈리스가 앞장서고 그 뒤를 머키, 아람, 마카사가 따르며 협곡을 빠져나와 산마루까지 간 다음, 거기서 다시 남동쪽으로 방향을 바꾸었다.

방향을 확인하고자 아람은 셔츠 밑에서 나침반을 꺼냈다. 그들이 가고 있는 방향과 나침반 바늘이 같은 방향을 가리키고 있었다. 아람을 정말 집으로 인도하고 있거나 아니면 그냥 완전히 망가져 버렸거나 둘 중 하나였다. 아람은 집으로 이끌어주는 나침반이라고 믿고 싶었다. 나침반을 다시 셔츠 아래에 넣고 위를 올려다봤다. 어깨너머로 자신을 살펴보던 탈리스와 눈이 마주쳤다. 탈리스의 혀가 슬쩍 나와 윗입술을 가볍게 두 번 건드렸다. 그러고는 말없이 고개를 끄덕이고 다시 앞으로 향했다.

아래쪽으로 먹구름이 모여들었다.

그리고 트롤 하나가 아래에서 아람 일행을 지켜보고 있었다.

"우리는 뭘 기다리는 거지?" 싸르빅이 따지듯 물었다.

"확인을 기다리는 거다." 그르렁 울리는 소리로 말루스가 말했다.

"놈들이 맞아. 인간 소년이 목에 그 나침반을 걸고 있어."

자스라가 공터에 있던 무리와 합류하며 말했다.

"자, 다아압을 얻었잖아. 이젠 무스으은 핑계로 늦추우우울 거지?"

말루스는 싸르빅의 물음을 무시하고 말했다.

"자스라, 놈이 누구와 같이 있지? 구체적으로 말해봐."

"스로그가 말한 대로다. 쏜의 배에 있던 키 크고 까무잡잡한 인간 소녀가 있어."

"괜찮은 전사지. 그 아이는." 발드레드가 명랑하게 속삭였다.

"바보 멀록은? 아직도 같이 있어?"

손목에 창을 단단히 고정하며 스로그가 물었다.

"그래, 친구. 그 아이가 특히 그 멀록을 좋아하는 것 같아."

자스라가 갑옷을 쓰다듬으며 말했다.

"멀록을 애완동물처럼 다루고 있어."

"재미있군." 말루스가 자기 뺨을 쓰다듬으며 말했다.

"그리고 나이트 엘프, 드루이드와 같이 있어."

"놈들은 가면서어어어 동매애애앵 모으고 있어! 네가 시간을 나아아앙비하는 동안 우리 이입장이 곤란해지이고 있다고!"

싸르빅이 격노하며 쉭쉭거렸지만 말루스는 계속 아라코아를 무시한 채 말했다.

"그렇다면 변신하는 자겠군?"

"그래." 자스라가 대답했다.

"수사슴이야?" 그들을 먼저 직접 관찰했던 스로그가 물었다.

"맞아, 형제여. 바로 그놈이야."

"놈은 또 어떤 마법을 쓸 수 있지?" 말루스가 물었다.

"직접 보진 않았는데…."

자스라가 말꼬리를 흐리며 여운을 남겼다.

"드루이드으의 마버업 따위 두려워하지 마! 나이트 엘프가 부우울러내는 것 중에서어어 내가 상대 못할 것은 어어어없어! 하지만 그 나치이임반은…."

마침내 말루스가 싸르빅을 돌아보았다.

"그 나침반은 우리 것이다, 마법사. 그리고 그것은…."

날이 저물었다. 대부분은 오르막길이었고 가끔은 아주 가파르기도 했다. 탈리스의 발걸음은 안정적이었고 물갈퀴와 발톱이 달린 머키의 발은 발걸음을 뗄 때마다 바위투성이 지형에 달라붙었다 떨어지기를 반복했다. 마카사도 어려움이 없어 보였지만, 아람은 조금 불안정했다. 한번은 최소 30미터는 족히 되는 강 협곡의 가장자리에서 크게 휘청거렸는데 마카사가 재빨리 잡아주었다. 아직 아람을 용서하진 않은 듯했지만 그래도 마카사는 여전히 누나이자 보호자였다. 아람은 그 두 가지 역할이 서로 부딪치지 않는다는 걸 알았다.

탈리스에게 있는 '진짜' 물통으로 모두 물을 나눠 마셨다. 마카사는 내키지 않는 것 같았다. 아람은 드루이드인 탈리스가 물에 뭘 탔을까 두려워 마카사가 주저하는 것인지 궁금했다. 하지만 마카사는 본래 누구에게든 신세지는 걸 좋아하지 않는다는 결론을 내렸다. 물론 이방인에게는 더욱더.

아람은 탈리스와 같이 가는 게 좋았다. 머키도 마찬가지였다. 탈리스도, 머키도 마카사보다는 훨씬 말을 많이 하기 때문에 긴 여정이 덜 따분했다. 물론 아람은 마카사가 짜증을 내는 또 하나의 이유가 대화임을 알고 있었다. 근처에 습격하는 오우거 부족이 있다면 스스로 위치를 노출하는 꼴이 될 테니 몇 번이고 아람에게 조용히 하라고 했다. 그러나 일행은 이미 시야가 탁 트인 능선을 따라 걷고 있었다. 만약 골두니 오우거가 공격할 대상을 찾는다면, 이 여행자 네 명을 찾아내기란 그리 어렵지 않을 터였다. 그런 이유에서 마카사는 동행들을 조용히 시키려는 노력을 아예 포기했는지도 모른다. 짜증을 가라앉히지는 않았지만.

탈리스는 본인이 먼저 말을 꺼내거나 자기만큼이나 수다스러운 머키의 말을 통역해주면서 대화를 이끌어갔다. 탈리스는 지의식물과 이끼를 가리키며 어떤 게 건강에 좋고 어떤 게 약하게 또는 강하게 독이 있는지를 설명했다. 예리한 은빛 눈은 꽤 먼 거리에서도 랩터를 구별해냈다. 랩터의 둥지 짓기와 사냥 습관에 관해서도 이야기해주었다. 아람은 가젯잔의 챠르나스가 탈리스와 이야기를 나누면 즐거워하리라 생각했다. 쏜 선장도 마찬가지일 테고. 아람의 아버지처럼 탈리스도 무엇에든, 누구에게든 관심을 가졌다. 심지어 마카사가 입을 열고 자기 이야기를 털어놓게끔 유도하려 했다. 성공하진 못했지만, 그렇다고 그의 유쾌한 얼굴이 찡그려지는 일은 없었다.

아람과의 동행은 탈리스에게도 잘된 일이었다. 아람은 호숫골과 대장간, 남동생과 여동생, 강아지, 어머니와 새아버지에 대해 이야기했다. 가능한 한 쏜 선장이나 파도타기호, 해적의 공격과 페랄라스에서 오도 가도 못했던 이야기는 언급을 피했다. 탈리스는 그에 대해 자세히 캐묻지 않았다. 그는 영원고요 호수 주위의 식물과 동물 이야기, 잊혀진 해안을 따라 머키의 숙부가 그물로 잡은 물고기 이야기에 귀를 기울였다.

탈리스의 입에서 끊임없이 장황한 이야기가 흘러나오긴 했지만, 정작 자신에 대해서는 아무것도 이야기하지 않았다. 아람은 잠시 고민했다. 만약 자신이 마카사처럼 그를 의심한다면 어떤 걸 물었을까?

아람은 마치 마카사를 대신하는 듯한 질문을 던졌다.

"가젯잔에는 무슨 일로 가시죠?"

"그곳에 드루이드 뜰지기가 한 명 있다. 오랜 친구인데, 세나리온 의회 소속이지. 그 친구와 드루이드의 문제를 의논해야 한다. 아, 물론 선물도 가져왔지. 작은 선물이지만 그래도 꽤 기뻐할 것 같군."

"꼭 사귀시는 것 같네요."

아람의 말에 탈리스가 웃음을 터뜨렸다.

"이런. 장담컨대 나보다 몇 백 년은 어릴 게다. 나야 상관없지만…."

탈리스는 잠시 생각에 잠긴 듯했는데, 아람은 문득 생사조차 알 수 없는 두안 펜을 떠올렸다. 탈리스는 곧 사색에서 빠져나와 조용히 웃었다.

"젊은 친구여, 그런데 그대와 마카사는 가젯잔에 무슨 일로 가는가?"

"동부 왕국으로 가는 배가 있었으면 해서요. 집으로 가는 배요."

탈리스는 고개를 돌려 마카사를 보고는 물었다.

"그대도 동쪽에 집이 있는가?

마카사는 아무 말도 하지 않았다. 어떤 까닭인지 몰라도, 이 나이트 엘프는 마카사가 동부 왕국의 무법항에서 왔다는 사실을 이미 알고 있다는 생각이 들었다.

마침내 마카사가 입을 열었다.

"제 집은 파도타기호입니다. 이 아이가 안전해지면, 돌아갈 겁니다."

탈리스가 한쪽 눈썹을 치켜세웠다.

"배가 바다 밑에 가라앉았더라도?"

"그렇더라도요." 일말의 망설임도 없는 대답이었다.

아람이 마카사를 돌아봤다. 둘의 시선이 마주쳤다.

"그렇더라도." 마카사가 다시 한 번 조용히 대꾸했다.

탈리스가 멈춰 섰고, 그래서 머키도 멈춰서는 바람에 어깨너머로 마카사를 보고 있던 아람은 머키에게 걸려 어깨를 바위에 부딪히며 넘어졌다.

"우룸 음음옳?" 머키가 걱정스러운 표정으로 물었다.

"괜찮아."

아람이 얼굴을 찌푸리며 말했다. 다른 이들은 아람이 휘청거리며 일어서서 어깨를 문지르는 모습을 지켜봤다.

"이곳에 강까지 지그재그로 내려가는 길이 있다."

탈리스가 한 손을 뻗으며 말했다. 비가 흩날리기 시작했다.

"저 아래에 비를 피할 곳이 있구나. 튀어나온 바위는 폭풍이 오려할 때 도움이 되지."

"강물이 넘치면요?" 마카사가 물었다.

"아, 그렇게 되면… 모두 빠져 죽겠지. 머키는 빼고. 하지만 우리에겐 물이 거의 다 떨어졌다. 그리고 이 위쪽에는 몸을 숨길 데가 전혀 없지. 비뿐만 아니라… 어쩌면 있을지 모를 오우거도 피해야 한다."

마카사가 졌다는 듯 고개를 떨궜다. 자제력을 잃고 있었고 여행의 주도권도 이미 잃었다. 탈리스의 논리를 반박할 수 없으면서도, 선뜻 받아들이고 싶지 않은 마음을 아람은 이해했다.

일행은 탈리스를 따라 오솔길 아래로 내려갔다.

보기보다 길은 위험했다. 게다가 비 때문에 바위로 된 길이 미끄러웠다. 아람은 어깨도 아프고 발도 아프고 종아리도 아프고 머리까지 아팠다. 호숫골로 돌아가면 보름 내내 잠만 잘 것 같았다.

일행은 마침내 밑으로 내려와 협곡 벽을 등지고 탈리스가 말한 바위 아래에 야영지를 만들었다. 불을 피울 만한 나무도 없었고 먹을 것도 없었다. 하지만 강물 덕에 갈증을 해소할 수 있었다.

마실 만큼 마신 후에 머키가 그물을 꺼내 들고 말했다.

"머키 아옳옳옳옳 음음음 플루르를록."

"저녁으로 먹을 물고기를 그물로 잡아오겠다는구나."

탈리스가 해석해주었다.

"안 돼!" 마카사와 아람이 동시에 말했다.

머키의 어깨가 축 처졌다. 마카사가 작살을 집어 들며 말했다.

"제가 사냥해오겠습니다. 오우거가 이 땅을 척박한 황무지로 만들어서 아무것도 남기지 않았으니 크게 기대는 안 합니다만."

"그럴 필요 없다. 내가 먹을 것을 구해오지."

아람이 갸우뚱하며 탈리스의 의중을 살폈다.

"지난밤에 먹은 것 말고도 아직 꾸러미 안에 음식이 더 있다는 말씀은 아니겠지요?"

"아니, 아니다. 꾸러미는 텅 비었어. 심지어 향신료까지 다 썼구나."

탈리스가 그렇게 대꾸하고는 머키를 힐끗 쳐다보자 머키가 더 축 처지면서 중얼거렸다.

"아옳옳올."

"걱정하지 마라, 꼬마 칭구야. 필요한 음식은 모두 구해올 수 있으니."

마카사가 탈리스의 나이 든 얼굴에 시선을 고정했다.

"척박한 황무지라는 말이 무슨 뜻인지 모르십니까?"

그러자 탈리스가 웃으며 물었다.

"누가 저녁거리를 가져오는지 내기라도 하겠느냐?"

"도박은 하지 않습니다." 마카사가 단호하게 대답했다.

"물론 그렇겠지." 탈리스가 웃음을 터뜨렸다.

마카사는 강 위쪽으로 방향을 잡았고, 탈리스는 강 아래쪽으로 식량을 구하러 가면서 머키와 아람 둘만 남았다. 아람이 말했다.

"장작을 구해놓으면 도움이 될 것 같아. 너는 상류 쪽으로 가. 난 하류 쪽으로 갈게."

머키는 무언가 도움이 될 수 있다는 사실에 행복해하며 열심히 고개를 끄덕였다. 둘은 각자 다른 방향으로 향했다.

아람은 하류로 향했다. 보슬비가 멈춘 지도 꽤 되었다. 시간이 흐르면서 아람은 바위에서 버섯이나 따고 있을 탈리스를 따라잡아야 겠다고 생각했다. 그런데 저 멀리 축축한 흙바닥 위에 책상다리를 하고 앉은 탈리스가 보였다.

말을 걸려고 했으나, 어째서인지 망설여졌다. 아람은 다가가지 않은 채 그를 지켜보았다.

그 드루이드는 꾸러미에 손을 넣고 작은 갈색 가죽 주머니를 꺼냈다. 주머니에 있던 무언가를 조심스럽게 펼친 손바닥 위에 부었다. 그런 다음 손을 땅 위에 기울였다. 아람은 그 주머니에 씨앗이 가득 들었다는 사실을 알게 되었다. 탈리스가 손가락으로 씨앗을 하나씩 흙 속으로 밀어 넣고 흙에 난 작은 구멍을 메웠다.

그런 다음 로브 안쪽 주머니에 손을 넣고 또 다른 가죽 주머니를 꺼냈다. 이번에 꺼낸 주머니는 보라색으로 염색된 가죽 주머니였다. 그 주머니에서 방수포로 싼 무언가를 꺼냈다. 조심스레 방수포를 벗기자 아람의 눈에 들어온 건 주먹만큼 커다란 도토리였다.

탈리스는 흙에 심어둔 씨앗 위에 커다란 도토리를 흔들면서 아람이 알아들을 수 없는 언어로 조용히 읊조렸다.

잠시 후, 흙에서 싹이 돋아났다.

그리고 몇 분 후, 탈리스는 큼직한 참마와 순무, 삼인 뿌리, 당근을 잔뜩 수확했다. 심지어 바람꽃 열매도 몇 줌 있었다. 아람은 나이트 엘프가 커다란 도토리를 조심스럽게 다시 싸서 보라색 주머니에 넣고, 그 주머니를 다시 로브 안쪽에 넣는 모습을 지켜보았다.

아람은 들키기 전에 서둘러 야영지로 돌아갔다.

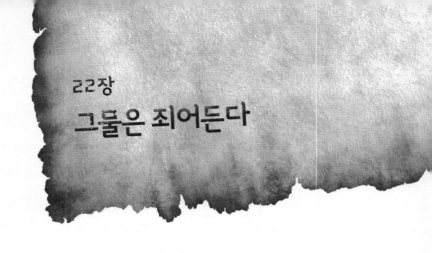

22장
그물은 죄어든다

멀록의 머릿속에는 뭐가 들었을까?

머키는 분명 그물로 낚시하지 말라는 말을 들었다. 잘못 들었을 리 없었다. 그리고 머키가 그 이유를 이해하지 못한 것 같지도 않았다. 머키도 자신이 그물에 얽히기 쉽다는 사실을 알고 있었다. 정확히 표현하자면, 그물에 얽혀 옴짝달싹 못했다. 우룸과 므르크 사가 처음 밝혀낸 사실도 아니었다. 머르글리 숙부는 종종 머키에게 밥값보다 사고치는 게 더 많다고 나무라곤 하셨다. 그래서 숙부나 다른 멀록들과 함께 가는 대신 혼자 낚시를 갔다. 그 덕에 머키는 오우거들이 습격해왔을 때 잡혀가지 않았던 것이다.

어쩌면 이 작은 생물체는 자기도 뭔가 보여줘야겠다고 생각했는지도 모른다. 아니면 배는 꼬르륵거리는데 므르크사나 둘루스가 고기든 채소든 구하기 어렵다고 말했기 때문인지도 모른다.

그랬다. 우룸은 머키더러 장작을 구해오라고 했다. 그러나 아직 하나도 찾지 못했다. 어쩌면 그물을 쳐서 떠내려가는 나무도 건지고 물고기도 건져서 머키와 다른 이들의 배를 채울 수 있지 않을까?

이미 음식으로 신세를 많이 졌다. 게다가 목숨도 구해주었다. 그때, 다시 한 번 뱃속이 꼬르륵거리면서 머키를 재촉했다. 배에 음식을 넣어줘야 했다. 멀록의 기준에서 봤을 때, 지난 몇 주간 거의 먹지 못해서 배가 정말 많이 고팠다.

이번엔 조심하기로 했다. 그것도 아주 많이. 그물에 얽히는 일은 없으리라. 머르글리 숙부가 가르쳐준대로만 하면 되었다. 신중하게 자신을 고정하고 그물 잡은 손을 놓지 않는다. 그물을 강 위에 넓게 던져 수면 위로 떨어지게 한 다음 추의 힘으로 아래쪽이 내려가면 물살에 그물이 펼쳐지게 한다. 머키는 기다리고 기다리고 기다린다. 그런 다음 물살에 맞서 빨판과 발톱으로 단단히 버티면서 천천히 그물을 끌어올린다. 그런 다음 그물에 잡힌 것들을 바위에 쏟아낸다. 이 과정을 해낼 수 있으리라 머키는 확신했다.

장대비가 퍼붓고 있었지만, 머키에게는 차가운 폭우도 아무런 문제가 되지 않았다. 강가에서 몸을 버틸 수 있을 만한 탄탄한 돌이 있는 꽤 괜찮은 자리를 찾아냈다. 머키는 그물을 펼쳤다. 앞뒤로 몇 차례 흔들고는 손에서 놓을 준비를 했다. 그리고 그물을 던졌다!

하지만 엄지발톱이 그물에 걸렸다. 커다란 돌 덕분에 그물과 함께 물에 빠지진 않았지만, 스스로 펼쳐질 리 없는 그물은 도로 머키에게 날아와 감겼다. 머키는 그물이 되돌아오는 것을 보고 눈을 휘둥그레 뜬 채 손을 내밀어 막았다. 그러나 그 손 때문에 오히려 그물 속으로 정확히 쏙 들어갔다. 그물의 평형추가 머키를 휘감아 누에고치처럼 되어버렸다.

머키는 애달프게 울고 싶은 마음을 억눌렀다. 다른 이, 그중에서도 언제 이쪽으로 올지 모르는 므르크사에게 이런 모습을 보이고 싶지도, 풀려나는 데 도움을 받고 싶지도 않았다. 고기를 잡지 말라는 말까지 들었으니 더더욱 그랬다. 그럴 수는 없었다. 이번에는 혼자 힘으로 빠져나와야 했다. 머키는 바위에 기댄 채 그물을 머리 위로 밀어 올리려고 했지만 소용없었다. 이번엔 그물을 아래로 밀어 내려서 나오려고 했지만 역시 소용없었다. 좌절한 머키는 할 수 있는 모든 방법을 다 시도해봤지만, 상황은 점점 더 나빠지기만 했다. 그중에서도 제일 나쁜 건… 혼자가 아니라는 사실이었다.

야영지에 가장 먼저 돌아온 이는 아람이었다. 강가에서 젖은 유목 몇 개를 건졌다. 탈리스가 돌아왔을 때 느긋하게 자리 잡고 앉아 있는 것처럼 보이고 싶어서 땔감을 열심히 찾아다니지는 않았다.

아람에 이어 탈리스가 돌아왔다. 지팡이에 의지하고서 갓 수확한 작물로 꾸러미를 가득 채워왔다. 빗줄기가 거세졌다. 탈리스는 튀어나온 바위 밑에서 드루이드 마법을 약간 부려 아람이 주워온

젖은 나무로 조그맣게 불을 피웠다. 그리고 장작 속에 참마를 찔러 넣고는 작은 칼로 채소를 썰어 스튜 냄비에 넣었다.

아람은 이 모든 과정을 지켜보았고 탈리스는 자신을 지켜보는 아람을 지켜보았다.

"궁금하냐?" 탈리스가 물었다.

"뭐가요?"

"어디서 먹을거리를 찾아왔는지."

"음, 글쎄요… 드루이드는 그냥 그런 것들이 있는 곳을 잘 안다고 생각했어요."

탈리스는 실망한 기색을 보이며 미소를 잃었다. 어쩌면 만난 이후 처음 있는 일인지도 몰랐다.

"그 말이 맞다. 소년, 그 말이 맞아."

그때 마카사가 돌아왔다. 고기는 없었지만, 장작을 가져왔다.

마카사는 탈리스의 채소를 보고 따지듯 물었다.

"그게 전부 어디서 났습니까?"

탈리스의 얼굴에 미소가 돌아왔다.

"드루이드는 이런 것이 있는 곳을 잘 안단다."

마카사가 고개를 젓고는 불 근처에 장작더미를 내려놓고서 아람의 맞은편 바위 아래로 갔다.

"머키는 어디 있지?"

"장작을 구해오라고 보냈어요. 상류 쪽으로 갔는데. 오는 길에

못 봤어요?"

"못 봤어."

마카사는 못 보고 지나쳤던 곳이 있었는지 기억을 되짚어보는 동안 아람이 불안한 듯 물었다.

"설마… 머키가 강에 있다고 생각하는 건 아니죠?"

셋은 곰곰이 생각에 잠겨 있다가 그럴 가능성이 전혀 없지는 않다고 결론을 내렸다.

"좀 더 기다려 볼까요? 아니면 지금 찾으러 갈까요?"

아람이 질문하는 사이사이 불길하게 천둥소리가 우르릉 울렸다.

셋은 동시에 일어나 똑같이 한숨을 쉬었다.

그 순간, 바람결에 말리꽃 향이 훅 하고 풍겨오더니 속삭이는 목소리가 들려왔다.

"친구들, 다시 자리에 앉지."

번갯불에 모습이 비치기도 전에, 아람은 목소리만으로 속삭이는 남자를 알아챘다. 마카사는 주저 없이 공격에 나섰다.

작살을 들고 덤벼드는 마카사를 속삭이는 남자가 피했지만, 그것도 계산에 넣었던 마카사는 남자가 자기의 흑검을 뽑으려 하자 흰날검으로 팔을 베어냈다.

허점을 찔린 것 같았지만, 속삭이는 남자는 크게 신경 쓰지 않는 듯했다. 남은 손으로 검은 혈암 단검을 뽑아 거꾸로 쥐고 마카사에게 휘둘렀다. 물러나는 마카사 대신 아람이 흰날검을 휘두르며 달려들자 속삭이는 남자는 단검으로 공격을 막아야 했고 그 사이 빈틈을 노린 마카사가 작살을 목에 박아 넣었다.

"어디 계속 속삭여보시지."

마카사가 배짱 좋게 빈정거렸고 속삭이는 남자는 아무런 소리도 내지 못했다.

하지만 침묵이 항복을 의미하지는 않았다. 속삭이는 남자는 옆으로 몸을 비틀고 작살 자루를 홱 잡아당겨 놀란 마카사의 손에서 작살을 빼앗았다. 그런 다음 단검을 자기 왼쪽 허벅지에 꽂아 안전하게 고정한 다음 목에서 작살을 뽑아냈다. 속삭이는 남자가 작살을 홱 돌려 던지려는 찰나, 천둥소리 뒤로 우렁우렁 울리는 목소리가 들려왔다.

"비켜라!"

무의식적으로 마카사와 아람이 비켜서며 돌아보자 탈리스가 순식간에 변신해 돌진하는 모습이 보였다. 거대하고 얼음 같은 색깔에 룬문자가 새겨진 은빛 눈을 한 곰이었다! 거대한 곰이 들이받자, 속삭이는 남자는 협곡의 화강암 벽에 부딪혀 산산조각이 났다. 여기에 다리 하나, 저기에 다리 하나가 떨어졌다. 머리는 몸통에서 떨어져 나와 축 늘어졌지만, 두건 덕에 간신히 제자리에 붙어 있었다. 팔뚝 하나는 마카사가 잘라낸 자리에 나뒹굴고 있었다.

"죽었나요? 저렇게 해놓으면 죽나요?"

아람의 다급한 물음에 곰이 커다란 머리를 가로저었다. 마카사가 단호하게 말했다.

"태워버려야 해."

마카사가 조심스럽게 빈약한 모닥불에 다가가는 동안, 아람과 곰으로 변신한 탈리스는 주위를 살피며 경계심을 늦추지 않았다.

그런데 캑캑거리는 소리가 들려왔다. 그 소리가 새된 웃음소리로 변하면서 안 그래도 한기가 도는 가운데 오싹한 기운이 더해졌다.

아직 몸통에 붙어 있던 손 하나가 오른쪽 위로 뻗더니 머리를 제자리에 끼웠다. 딸깍하는 소리가 났고 그 뒤로 역겹게 꿀렁거리는 소리가 났다. 웃음소리가 멈추더니 이제는 너무 익숙해진 목소리로 바뀌었다. 손을 천천히 들고는 마카사를 가리키며 속삭였다.

"말루스에게 싸울 줄 아는 여자 아이라고 말했었지. 네 실력은 배에서 봤으니까."

이어서 남자의 손가락이 아람을 향했다.

"너도 그리 나쁘진 않았다, 어린 친구. 싸우면서 소질을 개발한 모양이군."

속삭이는 남자는 손을 옆으로 내리고 곰을 향해 머리를 늘어뜨렸다.

"하지만 나이트 엘프, 오늘 밤 날 가장 놀라게 한 건 당신임을 인정한다. 몇 년 동안 많은 드루이드를 죽였지만, 그렇게 빨리 변신할 수 있는 자는 본 적이 없었거든. 완전히 방심했다. 그건 쉬운 재주가 아니지."

"해적이 왜 우리를 따라왔지? 우리한테 너희들이 원할 만한 게 남아 있나?"

마카사가 따지듯 물었다. 하지만 아람은 그보다 훨씬 더 궁금한 것이 있었다.

"우리… 우리 선장님은 어디 계시지?"

"네 아버지 말이냐? 안됐지만 얘야, 이 세상에서는 다시 보지 못할 것 같구나."

불현듯 아람은 그 질문을 하지 말았어야 했다고 생각했다. 물어보지 않았더라면 대답을 듣지 않았을 텐데. 대답을 듣지 않는 한, 기회가 있는 법인데… 아람은 모두의 시선이 자신에게 향해 있다는 사실을 깨달았다. 적 앞에서 눈물을 흘릴까봐 걱정스러웠지만, 울고 싶은 마음이 분노로 인해 모조리 사그라졌다.

"난 당신의 애가 아니야."

"물론 아니고말고. 왜 내가 환영받지 못하는지 이해한다. 하지만 사실 난 이곳에 싸우러 온 게 아니다. 너희 중 누구하고도."

"죽이러 왔겠지." 마카사가 말했다.

"아니, 그것도 아니다. 네가 날 공격했을 때 칼을 뽑지도 않았다는 걸 기억해라. 그리고 널 죽이고 싶었다면 내 존재를 먼저 드러내지도 않았을 거야."

아람은 속삭이는 남자의 말리꽃 냄새를 맡았다. 죽음의 악취와

섞여 있던 그 지독한 말리꽃 향 때문에 언데드 살인자는 자신을 밝힐 수밖에 없었다고 생각했다. 아람이 힐끗 보니 마카사는 남자와 싸웠던 상황을 되짚어보고 그 언데드의 말이 맞다는 사실을 확인하고 있었다.

속삭이는 남자가 말을 이었다.

"게다가 싸워서 죽일 계획이었다면 내 친구 스로그가 그대로 대기하게 놔두지도 않았겠지. 스로그, 이제 나와도 된다."

마카사, 아람, 탈리스가 주위를 둘러봤다. 스로그가 강을 건너고 있었다. 번개가 치자 창을 단 손이 번쩍였고 그 뒤로 오우거의 이름을 부르듯이 울리는 천둥소리가 이어졌다.

스로그가 강가에 닿았을 때, 속삭이는 남자가 다시 입을 열었다.

"거기까지면 됐어, 스로그. 또 싸우고 싶지는 않으니까. 말했듯이, 싸우려고 여기 온 게 아니야. 그리고 싸우면 오히려 역효과가 나거든."

마카사가 다시 속삭이는 남자에게로 돌아서더니 또박또박 말했다.

"원하는 게 뭐냐고 물었어."

"소개하자면, 나는 레이골 발드레드 남작이다. 아니 적어도 한때는 그랬지. 내 동료의 이름은 스로그다. 우리는 말루스 대장을 위해 일한다. 파도타기호의 선원 명단으로 너희가 마카사 플린트윌과 아람이라는 건 이미 알고 있다. 저 나이트 엘프 친구를 소개해준다면 좋겠는데.”

침묵이 흘렀다. 발드레드가 나직이 속삭였다.

“음, 소개해주고 싶지 않은 모양이군. 뭐 괜찮다. 어차피 나이트 엘프에게 볼일이 있는 것도 아니니까. 소년, 너한테 볼일이 있다.”

아람이 속삭이는 남자 발드레드를 응시하다가 마카사, 탈리스, 스로그를 차례로 훑어본 뒤 다시 시선을 돌리고는 입을 뗐다.

“무슨 볼일이지?”

“말루스 대장은 네 목숨을 원하는 게 아니라는 말을 전하라고 했다. 말루스가 원하는 건 단 하나, 나침반이다.”

“나침반? 무슨 나침반?” 아람이 물었다.

“무슨 일이 있더라도 이 나침반을 지켜야 한다.”

아버지는 분명 그렇게 말했다.

“네 목에 걸고 있는 그 나침반이지. 네 아버지한테서 받은 나침반. 부탁인데 장난은 그만해라. 우리는 널 지켜봤다. 너한테 있는 걸 알아.”

“좋아, 그래. 나한테 있어. 그런데 고장 났어. 바늘이 북쪽을 가리키지 않아.”

“그렇다면 그 물건과 작별하기도 쉽겠군.”

“그렇지 않아. 네놈이든 네놈 선장이든, 아무것도 내주지 않아.

오우거가 있든 없든."

마카사의 말에 스로그가 뒤에서 으르렁거렸고 대자연도 '가려진 자들'과 한패인 것처럼 뒤이어 천둥이 울렸다.

떨어져 나간 다리 하나에 손을 뻗는 발드레드는 마카사의 말을 듣지 못한 듯했다. 어쩌면 못 들은 척하는지도 몰랐다.

"음? 이런. 그래, 네가 협조하리라고는 생각하지 않았지. 그리고 그러는 것도 이해가 간다. 하지만 우리에겐 나름의 해결책이 있다."

마카사가 몸을 웅크리며 싸울 태세를 취했다.

"아니, 아니, 폭력이 아니야, 아가씨. 항상 결론을 그렇게 내나?"

발드레드는 웃음을 터뜨렸는데, 귀에 거슬리는 소리는 여전했다.

"음, 이해는 가지만. 어쨌든 우리는 소년, 너에게 간단한 거래를 제안하고자 한다. 나침반과 멀록을 바꾸자는 거지."

"무슨 멀록?" 아람이 입을 떼기도 전에 마카사가 물었다.

"계속 장난을 치자는 거야? 진심인가? 다시 말하지만, 우리 동료가 너희를 지켜보고 있었어. 하고 많은 것 중에 멀록을 가치 있게 여기다니 놀랐다. 하지만 누구나 좋아하는 게 따로 있기 마련이지. 너는 어떤가, 소년? 어느 것을 더 가치 있게 여기지? 나침반인가 아니면 그 초록 생물체인가? 나침반을 우리에게 넘기면 멀록을 풀어주고 아무도 해치지 않는다고 약속하지."

"내가 당신 말을 믿으리라 생각해?" 아람이 침을 뱉었다.

"너한테 거짓말한 적은 없었는데. 안 그런가? 어쨌든 달리 네가 어떤 선택을 할 수 있는지는 모르겠다. 애완동물을 되찾으려면."

"머키는 애완동물이 아니야! 머키는….."

"무례하게 굴 생각은 없었다. 널 곤혹스럽게 할 생각도 없고. 해가 뜨기 전까지 결정하면 된다. 하지만 이건 분명히 해두지. 네가 그 멀록을 다시 보는 방법은 나침반을 넘기는 것뿐이다. 안 그러면, 놈은 죽는다. 그리고 너를 뒤쫓는 일도 그만두지 않아. 결국엔 말루스 대장이 나침반을 손에 넣겠지. 그러니 현명하게 선택해라, 소년. 날이 밝기 전에 모두 마무리될 거다."

퇴장하는 대사를 하긴 했지만, 발드레드는 여전히 다리에 손이 닿지 않았다. 초조한 듯 손가락으로 가슴을 톡톡 두드렸다.

결국 발드레드는 "스로그, 팔다리 좀 줍게 도와줘!"라고 외쳤다.

스로그가 쿵쿵 발소리를 내며 다가왔다. 마카사, 아람, 탈리스는 경계 태세를 갖추었지만 스로그가 발드레드의 떨어진 팔과 두 다리를 집을 수 있게 길을 터주었다. 그러나 손이 하나뿐인 오우거에게 팔 하나와 다리 두 개는 버거웠는지 계속해서 하나씩 떨어뜨리고 있었다.

"그냥 나한테 먼저 하나 줘. 아무거라도." 발드레드가 속삭였다.

스로그가 팔 하나를 던졌는데 그게 하필이면 발드레드의 얼굴에 맞으면서 두건이 벗겨지자 창백한 해골 모양의 머리와 어긋난 턱뼈가 드러났다. 발드레드는 딱 소리가 나게 턱을 제자리에 맞추고는 스로그를 노려보면서 팔을 딸깍 끼웠고, 섬뜩하게 꿀렁이는 소리가 들렸다.

말리꽃 냄새가 강하게 퍼지면서 아람의 속이 뒤틀렸다. 가까스로 올라오는 구토를 참았지만, 또다시 말리꽃 냄새를 조금이라도 맡게 된다면 참지 못하리라 생각했다.

한편, 스로그는 간신히 창 달린 손으로 발드레드의 다리 두 개를 찍어 들었다. 쿵쾅거리며 언데드 검술사에게 다가가 창에서 두 다리를 빼내고는 발드레드의 무릎이 있던 곳에 끼웠다. 발드레드가 다리를 다시 붙이는 데는 시간이 좀 걸렸다. 뼈를 제자리에 딸깍 끼우고 피부라 할 수 있는 것이 다시 들러붙는 동안 발드레드는 얇은 입술을 악물고 집중했다. 잠시 후 팔다리를 제자리에 다 끼운 발드레드는 두건을 다시 뒤집어쓰고 놀랄 만큼 가뿐히 일어섰다. 뒤늦게 생각났는지 왼쪽 허벅지에 꽂아둔 혈암 단검을 뽑아 다시 칼집에 넣었다. 마침내, 그들은 떠날 준비를 마쳤다.

"회복력이 좋군, 남작. 하지만 쉽게 부서지기도 하고. 오늘 밤 같은 날이 또 오면, 너는···."

"알아, 알아. 난 죽은 목숨이겠지."

마카사의 말이 채 끝나기도 전에 발드레드가 성급하게 대꾸했다.

발드레드와 스로그는 아람 일행을 곧장 지나쳐 가다가 잠시 멈춰 섰다.

"네가 생각하고 결정하게끔 자리를 비켜주겠다. 하지만, 부탁인데 소년… 올바른 결정을 하도록.”

　둘은 곧 시야에서 사라졌다. 빗속에 서 있는 아람, 마카사, 곰으로 변한 탈리스를 남겨두고서.

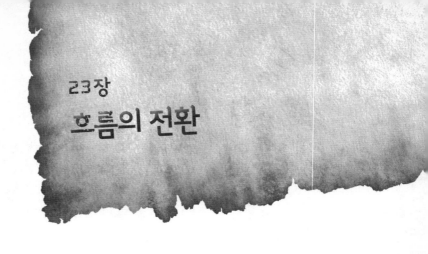

23장
흐름의 전환

셋은 다시 바위 밑으로 돌아와 비를 피했다. 하늘에선 간간이 번개가 번쩍거렸지만, 뇌성은 한참 후에나 들렸다. 폭풍이 지나가고 있었다.

탈리스는 나이트 엘프의 모습으로 돌아온 후 물었다.

"그 나침반이라는 게 무엇이냐? 나침반을 왜 그토록 탐내는 것이지?"

마카사 역시 궁금하던 문제였다. 물론 나침반을 보기는 많이 봐왔다. 아람의 목에서도 쏜 선장의 목에서도. 그러나 조금 전까지만해도 그다지 신경 쓰지 않았던 물건이다. 마카사가 뚫어지게 쳐다보자, 아람은 몸을 돌려버렸다.

내키지는 않았지만, 아람은 셔츠 아래에서 나침반을 꺼내 둘에게 보여줬다.

　구름이 잔뜩 낀 밤이라 비춰볼 달빛도 별빛도 없었지만, 마카사와 탈리스는 바늘이 북쪽을 가리키지 않는다는 사실을 바로 알아챘다.

　"이게 그 소중한 물건인가? 해적, 확실히 해적인지는 잘 모르겠지만, 그대들의 선장과 선원을 해친 자들이 탐내는 것이 이 나침반이란 말이지?"

　탈리스는 당혹스러워하는 기색을 보이지 않으려 애써 담담히 물었다.

　"게다가 고장까지 났잖아. 나침반이… 남동쪽을 가리키는데?"

　마카사가 침울하게 중얼거리자 아람이 고개를 끄덕이며 대답했다.

　"맞아요, 나도 알아요."

　모두 말이 없었다. 탈리스는 생각에 잠긴 채 혀로 윗입술을 톡톡 쳤지만, 마카사와 마찬가지로 당황하고 있었다. 아람은 나침반에 대한 정보가 더 있었지만, 다시 한 번 이상한 느낌이 들면서 말할 마음이 들지 않았다.

　하지만 선택의 여지가 없었다.

　"그레이던 쏜 선장님, 그러니까 우리 아버지가 주셨어요."

　아람은 마카사를 보며 말을 이었다.

　"해적이 공격하는 동안 우리더러 소형 돛단배에 타라고 명령하

시기 직전예요. 무슨 일이 있더라도 지키라고 하셨어요."

"그러면 정해졌네. 놈들에게 나침반을 주면 안 돼. 아무 가치가 없다 하더라도, 나라면 우리 동료를 해친 자들에게 넘기지 않겠어. 절대로 말이야."

마카사가 즉시 단호하게 말했다.

"그럼 머키는요?"

아람은 마카사만큼이나 나침반을 포기하고 싶지 않았다. 하지만 달리 어떤 선택을 할 수 있을까?

"머키가 그렇게 된 건 유감이야. 하지만 쏜 선장님의 마지막 명령에 비하면 그 멀록은 우리에게 아무것도 아닌 존재지."

파도타기호의 이등항해사다운 마카사의 대답이었다. 아람은 고개를 저었다.

"마지막 명령이 아닐 수도 있어요. 게다가 그건 아버지의 가르침과도 맞지 않아요. 한 배를 탄 가족이자 동료 선원인 그들에게 의리를 지켜야 한다고 수도 없이 말씀하셨죠. 마카사, 당신도 알 잖아요."

"알지. 하지만 머키는 동료 선원이 아니야. 가족도 아니고."

"우리 넷은 페랄라스를 가로지르는 이 여행에서 한 배를 탄 동료 아닌가요?"

"아니야! 선원은 쓸모가 있어. 도움이 되지. 그 멀록이 자기가 쓸모 있다는 걸 보여준 적이 있었어? 물고기 한 마리, 그것도 우연히 잡은 물고기를 주었던 일 말고?"

"자신이 쓸모 있는 존재라는 걸 보여준 적은 없죠."

아람은 마카사의 말에 동의했지만 반박을 멈추지 않았다.

"그러나 항상 의리 있는 모습을 보여줬잖아요. 게다가 이건 보여주고 말고 하는 문제가 아니에요. 파도타기호에 있을 때, 내가 한 번이라도 쓸모 있다는 걸 보여준 적이 있었나요? 선장의 아들이라는 사실 빼고?"

아람은 자신이 마카사에게 한 방 먹였다는 것을 알았다. 마카사는 지금 머키를 생각하듯 지난 여러 달 동안 아람을 쓸모없다고 여겼다. 하지만 마카사도 반박할 말이 있었다.

"머키는 알게 된 지 고작 며칠밖에 안 됐잖아. 완전히 다르다고. 녀석은 선원이 아니야."

"머키가 선원 명단에 이름을 적을 수 있었다면 분명히 우리와 함께 서명했을 거예요."

"그 바보 같은 멀록이 자기 이름을 쓸 줄 안다는 생각이 안 들어, 우룸."

"그만해요. 당신이 그보다는 괜찮은 사람이라는 걸 알아요."

"넌 날 몰라."

"무슨 사연이 있는지는 모르지만, 좋은 사람이라는 걸 알아요, 누나. 자꾸 나쁜 사람인 척하지 말아요."

누나라는 말이 마법처럼 먹혔다. 마카사가 하던 말을 멈췄다. 하지만 아람은 아니었다.

"동료 선원이 쓸모가 있다는 걸 보여줘야만 구하는 게 아니잖아요. 우리가 쓸모 있는 동료라는 걸 보여주는 건 어때요?"

어딘가 쏜 선장이 말할 법한 소리처럼 들렸지만, 사실 쏜 선장이 그렇게 말하는 걸 직접 들어본 적은 없었다.

그때, 탈리스가 손을 내밀었다.

"내가 봐도 되겠느냐, 아람? 잠시 살펴봐도 괜찮은지 묻는 것이다."

마카사와의 논쟁으로 아직 머리가 혼란스러운 아람이 어리둥절해하며 탈리스를 쳐다봤다.

"나침반 말이다."

아람은 아까와 마찬가지로 내키지 않았다. 탈리스가 말을 이었다.

"어쩌면 그 물건의 쓰임새를 알아낼 수 있을지도 모르겠다. 네 아버지나 그를 해친 자들에게 어떤 가치가 있는지."

"제 생각에는 저희 집, 호숫골로 가는 길을 알려주는 나침반 같아요. 아버지가 주실 때도 그렇게 말씀하셨거든요."

탈리스가 살짝 미간을 찌푸렸다.

"그런 점에서 보면 어떤 나침반이든, 어떤 지도든 집으로 가는 데 도움이 될 수 있지."

나이 든 나이트 엘프는 여전히 손을 내민 채 말했다.

아람이 힐끗 보니 마카사는 생각에 잠겨 있는 듯했다. 결국, 수긍

한 아람은 목에서 목걸이를 빼낸 다음 탈리스에게 건넸다.

탈리스는 왼손 위에 나침반을 올려놓고 무게를 가늠해봤다. 그는 눈을 감았다. 나침반에서 반 뼘쯤 위에 오른쪽 손바닥을 올렸다. 알아들을 수 없는 다르나서스 언어로 짤막하게 읊조리자 어떤 힘이 느껴졌다. 약했지만 분명히 존재하는 미지의 힘이 기묘한 방법으로 나침반을 끌어당기고 있었다.

탈리스가 눈을 뜨고 말했다.

"이 바늘은 수정으로 만든 것이다. 그렇지만 땅속에서 채굴하는 그런 수정이 아니야. 하늘의 순수한 별빛 조각에 천상의 불꽃을 불어넣은 것이다."

"그게 무슨 말씀이세요?" 아람이 어리둥절해하며 물었다.

"간단하게 말하자면, 이 수정 바늘은 이 세상의 것이 아니라는 뜻이다. 어떤 마법이 걸려 있어. 불행히도 이건 내 식견을 벗어난 문제구나. 난 대지 위의 식물과 초목에 대해 정통한 나이트 엘프란다. 이 나침반에서 다른 건 알아내지 못하겠구나."

탈리스가 나침반을 건네자, 아람은 재빨리 나침반 목걸이를 목에 걸고 셔츠 아래로 집어넣었다. 머릿속이 뒤죽박죽이었다. 탈리스 말이 맞았다. 제대로 작동하는 나침반과 지도라면 이 마법 나침반처럼 집으로 가는 길을 알려줄 터였다.

그렇다면 아버지는 무슨 생각이었을까?

나침반에 더 많은 비밀이 숨겨져 있었다면, 분명 아버지는 알았으리라. 틀림없었다. 여행길에서는 눈에 보이는 것이 전부가 아님을 얼마나 여러 번 말씀해주셨던가? 심지어 아람을 호숫골에서 멀리 떠나보내던 날, 어머니도 같은 식으로 귀띔해주셨다. 마지막 순간, 그레이던 쏜 선장은 시간이 없다며 한탄했다. 하지만 알고 보면 아람에게 진실을 말해줄 시간은 여섯 달이나 있었다. 매일 진행된 수업에서 일반 상식을 교육하고 굴욕감을 안겨주며 그 시간을 보냈으면서도 아람을 항해에 데리고 온 중요한 이유를 말해주지 않았다는 게 말이 될까?

세상에 어느 아버지가 나침반을 찾는 무리 때문에 위험해질 수 있다는 사실을 알면서도 자기 아들을 배에 태운단 말인가? 세상에 어느 아버지가 가는 곳마다 위험이 뒤따르리라는 사실을 알면서도 아들과 수양딸에게 나침반을 준단 말인가? 만약 나침반을 그 말루스라는 자의 손에 들어가지 않게 지켜야 했다면, 왜 그냥 바다에 던져버리지 않았을까?

*　　　*　　　*

아람과 마찬가지로 탈리스와 마카사도 생각에 잠겼다. 탈리스가 먼저 생각에서 빠져나왔다.

"나침반에 대해서는 더 해줄 이야기가 없지만, 이 말은 해줄 수

있다. 처음에 너희 둘에게 끌렸던 이유가 그 나침반 때문이라고 생
각한다.”

마카사가 눈을 들어 단검을 던지듯 탈리스를 노려보았다.

“가젯잔으로 함께 여행할 일행이 필요한 줄 알았습니다만.”

“그랬지. 난 거짓을 말하지 않는다. 전부 털어놓지도 않지만.”

“지금 털어놓으십시오.”

마카사의 단호한 어조에 탈리스가 고개를 끄덕이고는 답했다.

“내 정체는 알겠지. 이 땅과 하나가 되고 그 기운과 결속하여 살
아가는 드루이드다. 얼마 전에 난 어떤 존재를 느꼈다. 가던 길에서
좀 벗어난 곳이었지. 내 계산이 맞는다면, 그대 둘이 뭍에 오르던
밤이 분명하다. 그것이 나를 이끌었고, 그대 둘에게로 이끌었다.
음… 마치 제대로 작동하는 나침반의 바늘 같았지. 처음 그대 둘을
본 순간부터 친근감이 느껴졌다. 아주 솔직하게 말하자면, 그 느낌
이 너무도 강렬하여 믿기 어려울 정도였다. 한동안 그대들이 뭍에
서 어떻게 살아나가는지 지켜보았다. 그런 후에 그대가 머키를 구
하는 모습을 보았다. 그 불쌍하고 작은 생물체에게 어떻게 대하는
지를 보고 우리의 만남이 운명이라는 것을 알았다.”

“운명 같은 건 없습니다.” 마카사가 으르렁거리듯 말했다.

“분명히 있노라, 젊은 전사여. 자연과의 조화가 있고 길이 있고
흐름이 있다. 강이 흐르는 물길처럼, 해를 찾아 줄기가 땅을 뚫고
올라오는 길처럼. 우리 네 명의 여행자에게는 또 다른 길이 있다고

생각하지 않느냐?"

마카사는 대답하지 않았다. 탈리스가 말을 이었다.

"어떤 보장이 있다는 이야기를 하는 게 아니다. 강이 댐에 막힐 수도 있다. 줄기는 진딧물이나 메뚜기가 씹어 먹을 수도 있고. 그리고 여행자는 여러 갈래의 길로 방향을 바꿀 수도 있지. 그러나 흐름은 존재한다. 그리고 우리가 전체의 한 부분이라는 사실은 의심할 여지가 없지."

아람은 한동안 흐름에 관해 곰곰이 생각했다. 아직도 쏜 선장에게 화가 났지만, 속삭이는 남자 발드레드가 했던 말을 생각하니 계속 화만 내고 있을 수는 없었다.

'안됐지만, 이 세상에서는 다시 보지 못할 것 같구나.'

그레이던 쏜 선장이 죽었다. 아버지가 돌아가셨다. 선장이었던 남자가 내린 마지막 명령을 따르고 말고의 문제가 아니었다. 아버지로서 건넨 마지막 소원을 존중하는 문제였다. 적어도 존중하려는 시도라도 해야 했다.

"놈들에게 나침반을 주면 안 돼." 마카사는 완강했다.

"안 줄 수도 있어요. 그러나 어떻게든, 머키를 구해야 해요."

다만 그럴 기회가 결코 쉽게 오지 않으리라는 것이 문제였지만.

날이 밝기 전에 한 시간은 족히 걸려 괜찮은 계획을 세웠다. 그런 후에 누군가 멀리서 지켜보고 있다면 셋이 말루스와 그 부하들을 바위 아래에서 기다린다고 믿게끔 모닥불을 끄지 않은 채 그대로 떠났다. 마카사와 탈리스는 자스라만큼 훌륭한 추격자가 아니었는지 발드레드의 발자국을 찾지 못했다. 그러나 오우거는 조심성이 없는 터라 스로그의 발자국을 쫓아 쉽게 따라갈 수 있었다.

가능한 한 소리를 내지 않고, 협곡을 통과하여 상류로 이동했다. 한참을 걷던 중에 탈리스가 어떤 소리를 듣고 바위 뒤에 숨으라는 신호를 보냈다. 잠시 후, 오우거의 형체로 보이는 거대한 그림자가 나타났다. 5미터도 채 안 되는 거리였다. 발드레드나 트롤, 말루스가 없는지 주위를 살폈다. 아람은 뒤로 돌아서다가 무심코 오우거를 힐끗 돌아보았다. 헉하는 소리를 낼 뻔했지만 가까스로 참았다. 스로그가 아니었던 것이다. 이 오우거는 손이 두 개였다!

곧이어 두 번째 오우거가 합류했다. 그리고 세 번째 오우거가 나타났다. 도대체 말루스에게 속한 오우거는 몇이나 되는 것일까?

세 오우거는 서로 뭐라고 중얼거렸는데 소리가 너무 작아서 아람이나 마카사는 알아들을 수 없었다. 그러나 탈리스의 뾰족한 귀가 둘보다 밝아서 오우거들의 대화를 들을 수 있었는데, 들리는 내용은 확실히 마음에 들지 않았다. 탈리스는 두 사람에게 숨어 있던 곳에서 나오라고 신호했다.

나오는 일은 생각처럼 쉽지 않았다. 탈리스는 커다란 두 바위 사이의 좁은 틈을 가리키고는 그리로 앞장섰다. 아람이 뒤를 따랐고, 마카사가 언제든 휘두를 수 있게 작살과 흰날검을 든 채로 뒤를 맡았다.

하지만 바위틈을 선택한 것은 전술 면에서 심각한 실수였다. 탈리스가 바위 사이에서 나와 보니 네 번째 오우거의 널찍한 등짝이 바위틈 앞을 가로막고 있었던 것이다. 탈리스는 조용히 움직였기에 발각되진 않았지만 나갈 길이 없었다. 아람에게 돌아서라고 손짓했다. 아람은 그대로 따르면서 마카사에게도 똑같은 신호를 보냈다.

불행히도 그 순간 하늘이 개면서 돌아서는 마카사의 검이 보름달 달빛을 받아 반짝였다. 반사광을 포착한 오우거가 포효하며 마카사에게 돌진했다. 마카사는 앞으로 성큼 내디디며 돌진해오는 오우거에 맞섰다. 그 짐승 같은 오우거가 거대한 몽둥이를 휘두르자 몸을 숙여 피하고는 검으로 배꼽에서 가슴까지 베어버렸다. 하지만 어느 틈엔가 다른 두 오우거가 바로 앞에 다가와 있었다.

"뛰어!"

마카사가 두 번째 오우거의 미간에 작살을 던지며 외쳤지만, 마카사의 남동생으로 거듭난 아람은 도망칠 수 있는 상황에서도 누나를 두고 떠날 생각이 없었다. 검을 뽑아 들기는 했는데 뭘 어떻게 해야 할지 모른다는 게 문제였지만.

마카사는 쇠사슬을 풀어서 작은 원을 그리며 세 번째 오우거를 구석으로 몰았다. 탈리스가 휘파람으로 아람에게 움직이라고 신호했다. 너무 좁아 곰이나 사슴으로 변신할 수 없는 바위틈에서 아람이 나갈 길을 막고 있었다. 갑자기 탈리스 양쪽에 있던 바위가 뒤에서 산산조각으로 흩어졌다. 등판 넓은 오우거였다. 탈리스는 재빨리 돌아서서 위협에 맞서려고 했지만, 오우거의 몽둥이가 탈리스의 뒤통수를 내리쳤고 그는 '넓은 등'의 발치에 의식을 잃고 쓰러졌다. 오우거는 새끼손가락 두 개를 입에 넣고는 크고 날카로운 휘파람을 불었다.

넓은 등 오우거는 돌아보는 아람의 손에서 흰날검을 쳐 내고는 아람을 거대한 팔 밑에 끼웠다. 아람이 소리쳤지만, 마카사는 자기 상대를 구석으로 몰아넣느라 정신이 없었다. 아람은 가까스로 허리띠에서 사냥칼을 꺼내 오우거의 갈비뼈를 찔렀다. 그러나 넓은 등은 그저 아람을 다른 쪽 팔로 바꿔 끼고는 꽂혀 있는 사냥칼을 뽑아내 강 근처로 던졌다.

선택의 여지가 없다는 것을 안 마카사가 방법을 바꿔 고의로 팔이 아프다는 듯 사슬을 느슨하게 하며 오우거를 안쪽으로 꾀었다. 오우거가 한 발자국 앞으로 나오는 순간 마카사는 사슬을 위로 크게 휘둘러 턱을 가격했다. 오우거는 고통으로 울부짖으며 무릎을 꿇었다. 마카사는 앞으로 다가가 재빨리 놈의 숨통을 끊었다. 이제 남은 건 넓은 등 오우거뿐이었다. 놈은 발버둥 치는 아람을 한쪽 팔 아래 낀 채로 의식을 잃은 탈리스를 지켜보며 서 있었다. 놈은 다른 한 손으로 아람의 흰날검을 주워 올렸다. 한마디 욕설이나 으름장도 없이 넓은 등은 아람의 목에 검을 갖다 댔고 아람은 더 이상 몸부

림칠 수 없었다.

넓은 등과 마카사는 서로를 험악하게 마주 보고 섰다. 둘 다 아무 소리도 내지 않았다. 그러나 몇 초가 지나자 육중한 발소리가 상류로부터 아래로 내려왔다. 넓은 등의 휘파람 소리를 듣고 몰려오는 오우거들이었다. 잡혀 있는 아람의 시야에 다 들어오지도 않을 만큼 많은 수의 오우거가 마카사와 넓은 등이 대치하고 있는 양쪽 주변을 가득 메웠다.

마카사는 재빨리 계산을 해보았다. 피 묻은 흰날검은 칼집에 넣고, 사슬은 둘러맸다. 넓은 등 오우거가 낮고 음흉하게 껄껄 웃었다. 마카사는 두 번째 오우거에게 박혀 있던 작살에 손을 뻗었다. 오우거들이 양쪽에서 위협하듯 한 걸음 앞으로 다가섰다. 넓은 등은 웃음을 멈췄다. 마카사는 작살을 뽑아 들고 뒷걸음질 치기 시작했다.

강 앞에서 멈춰 선 마카사는 순식간에 강물로 뛰어들었다. 그리고는 몸에 힘을 빼고 최근에 내린 비로 빨라진 물살에 몸을 맡긴 채 아래로 떠내려갔다. 오우거 몇 명이 창을 던졌다. 볼 수는 없었지만, 비명이 들리지 않았기에 아람은 오우거들의 창이 빗나갔기만을 바랐다.

한순간도 버려졌다는 생각은 하지 않았다. 아람은 마카사가 자신을 죽게 버려두지 않으리라는 걸 알았다. 우선 탈출한 후에 후일을 도모하려는 것이 분명했다. 마카사 누나는 다시 돌아올 것이고,

자신을 구해줄 것이다. 이 점만큼은 전혀 의심하지 않았다.

그동안 아람은 살아 있어야 했다. 말을 하려고 했지만, 아무 소리도 나오지 않았다. 그건 용납할 수 없었다. 위험에 처했을 때마다 입을 다물고 있을 수는 없었다. 신속하고 맹렬하게 위험이 닥쳐온다 해도 그럴 수는 없었다. 아람은 헛기침을 하며 목소리를 가다듬고자 애썼다.

"좋아. 네가 날 잡았어. 날 말루스에게 데려가. 거래할게."

넓은 등이 아람을 들어 올리자 둘은 서로 눈을 마주 볼 수 있었다. 오우거가 얼굴을 앞으로 기울였다. 심한 구취가 코를 찔렀다. 이마 위의 외뿔이 아람의 이마를 찌를 정도로 가까이 있었다. 아람은 침을 삼키고 똑같은 말을 반복했다.

"날 말루스에게 데려가."

넓은 등은 콧방귀를 뀌고는 아람을 밀가루 포대처럼 어깨에 걸쳐 멨다. 그것도 빈 포대처럼 함부로 다뤘다.

"날 말루스에게 데려가! 발드레드가 약속했어. 우리가 말루스의 조건대로 하면 안전하다고."

넓은 등 오우거가 마침내 입을 열었다. 놈은 아람의 말을 무시하며 거만하게 말했다.

"나 말루스 모른다. 발드레드도 모른다. 너 고르독에게 데려간다. 혈투의 전장 골두니 왕이다."

옆으로 슬쩍 비켜서면서 다른 오우거에게 탈리스를 가리켰다.

"너와 나이트 엘프, 고르독 아주 좋아할 거다. 멀록이 죽는 모습 보는 거 지겨워한다. 더 새로운 놀이 찾는다."

마침내 아람은 상황을 이해했다. 이들은 말루스의 오우거가 아니었다. 이들은 머키의 마을을 습격하여 머키의 숙부와 숙모 그리고 다른 멀록들을 잡아간 습격 부족의 오우거였다. 넓은 등 오우거의 어깨에 걸쳐진 아람은 다른 오우거가 의식이 없는 탈리스를 둘러메는 모습을 보았다.

잠시 후 오우거 무리는 협곡을 벗어나 계속 위쪽으로 올라갔다. 한 시간이 채 지나지 않았을 무렵, 그들은 북동쪽의 산속으로 향했다. 아람은 지금 마카사가 어디 있을지, 얼마나 가까이 또는 얼마나 멀리 있을지 짐작조차 가지 않았다. 그리고 아직 셔츠 밑에 나침반이 있다 하더라도 오우거들이 한 걸음씩 내디딜 때마다 머키를 구해낼 기회가 점점 사라져가는 것을 알았다.

3부

하늘봉우리 위로

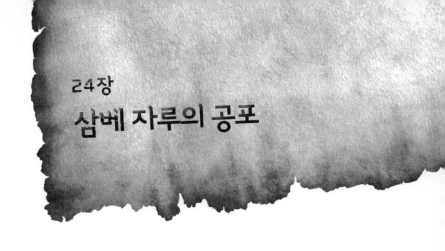

24장
삼베 자루의 공포

처음에 아람은 넓은 등 오우거의 어깨에 걸쳐진 채로 이동했다. 불편하고 굴욕적이었지만, 자신을 납치하는 일에 순순히 협력할 생각은 없었다. 날 둘러메고 가다가 지쳐버리라지!

그러나 한 발 한 발 쿵쿵거리는 발걸음이 이어지고, 구불구불한 길을 따라 기나긴 거리를 이동하면서 넓은 등이 쉽게 지칠 리 없다는 것을 알았다. 탈리스가 정신을 차리고 나서 상당히 공손하다 싶은 태도로 직접 걸어갈 테니 내려달라고 요청했을 때, 아람도 그렇게 해달라는 말을 꺼내려던 참이었다.

발걸음을 멈추지 않은 채로, 넓은 등이 둘에게 말했다.

"노예 도망가려고 하면, 노예 자루 안에 담겨 간다. 노예 너무 느리면, 노예 자루 안에 담겨 간다. 노예 말하면, 노예 자루 안에 담겨 간다. 알았나?"

"알았다." 탈리스가 말했다.

"알았어." 아람이 말했다.

둘 다 인정사정없이 내동댕이쳐지면서 엉덩이로 돌바닥에 떨어졌다. 넓은 등이 곧바로 세게 떠밀었기에 아픈 엉덩이는 걸어가면서 문지르는 수밖에 없었다.

아람과 탈리스는 바로 뒤에서 따라오는 넓은 등을 포함하여 오우거 여섯 명으로 이루어진 다이아몬드 대형의 중앙에서 걸어갔다. 오우거 한 명의 어깨에 늘어져 있는 자루에 들어가는 위험을 무릅쓴다 해도 탈출할 방법이 없었다. 커다란 삼베 자루는 비어 있는 듯했지만 어떤 위협인지는 분명했다. 상당히 가파른 경사였지만, 덩치 큰 오우거들이 성큼성큼 발을 내디디며 올라가는 속도에 맞춰 잔인할 정도로 빠르게 이동해야 했다. 속도가 느려지면 넓은 등이 거칠게 밀쳤기 때문에 가쁜 숨을 몰아쉬며 오우거의 걸음에 맞췄다.

오우거 무리는 폐허를 지나 남쪽으로 향했다. 부서진 탑, 부서진 기둥, 반쯤 부서진 궁 혹은 사원 같은 건축물의 폐허를 보고 아람의 눈이 휘둥그레졌다. 이제껏 보아온 그 어떤 온전한 건물보다도 더 웅장했다. 분명 끔찍한 상황이었고 오우거 사이에 끼어 끌려가는 신세였지만, 지금 아람이 자유의 몸이었으면 좋겠다고 생각하는 이유는 도망치고 싶어서가 아니라 이 무너진 건물들을 탐험해보고 싶어서였다. 그곳을 지나가면서 오른쪽의 쇠락한 건물들이 무엇인지 알고 싶어 머리를 짜내 아버지가 가르쳐준 내용을 떠올리려 했다. 어쩌면 이실디엔 폐허일지도 모른다고 생각했다. 탈리스라면 알 것 같았지만 대화 없이 확인해볼 방법은 없었고, 삼베 자루 안에 쑤셔 넣어지는 신세를 각오하지 않고는 말할 방법도 없었다.

탈리스는 고개를 숙인 채 슬픔에 잠겨 있었다. 도시가 파괴된 이후 만 년 동안 이실디엔을 보는 건 처음이 아니었다. 어쩌면 백 번쯤 봤을지 몰랐다. 만 년 전, 이실디엔은 영광 그 자체였다. 그리고 지금은 이렇게 황폐해져 옛 모습의 그림자만 남겨둔 채 폐허로 전락해버렸다. 탈리스도 아는 사실이지만, 가장 끔찍한 것은 나이트 엘프가 자신들의 천부적 권리라고 믿었던 비전력을 남용하여 이런 운명을 자초했다는 점이었다. 탈리스가 많은 수의 동족과 마찬가지로 비전 마법을 피하고 드루이드 마법만 사용하는 이유가 바로 그래서였다. 그 마법은 조화로웠으며 안전했다. 그리고 자신이 고행하는 방법이기도 했다.

탈리스가 고개를 들어 아람과 눈빛을 교환했다. 아람은 문득, 오우거가 강가에서 챙겨오지 않아 지금 이 드루이드에게는 지팡이가 없음에도 걷는 데 아무 문제가 없다는 사실을 알아차렸다. 아람에게 연민의 미소를 보낸 탈리스가 변신하여 여기서 빠져나갈 생각을 하는지도 궁금했다. 탈리스가 변신하는 모습을 보고 오우거들이 얼이 빠지는 틈을 이용해, 아람은 나뭇가지 같은 뿔을 붙잡고 커다란 수사슴의 등에 휙 올라타는 자신의 모습을 상상했다. 그러나 오우거들은 창을 들고 있었고, 만일 도망치는 데 성공하더라도 은신할 만한 곳이 보이지 않았다. 오우거들이 저녁으로 수사슴 고기를 먹는 동안 자루에 담겨 있는 자신을 떠올리며 상상은 끝이 났다.

탈리스의 곰 형상으로도 비슷한 상상을 해봤지만, 역시 비슷하게 끝이 났다. 나이트 엘프가 또 어떤 동물이 될 수 있는지 궁금했지만, 용보다는 못하더라도 자신이 상상할 수 없는 미지의 동물쯤 되어야 성공할 수 있을 듯했다.

마카사의 상황도 궁금했다. 자신을 구하러 오리라는 절대적인 확신이 있었기에 언제쯤 행동을 개시해야 할지 계산해봤다. 아람은 계속 걸으며 오우거들을 세어보았다. 넓은 등을 포함하여 아람과 탈리스 주위를 둘러싼 오우거 다섯 명 외에, 몇 번이고 어깨너머로 뒤돌아보며 뒤쪽에 일곱 명이 더 있다는 사실을 알아냈다. 현실적으로 생각해보면 오우거 열세 명은 아무리 대단한 마카사라 하더라도 운에 맡기고 습격하기에는 너무 많았다. 마카사는 전사였다. 해가 뜨기 전에 오우거 세 명을 보내버린 게 그 증거였다. 그렇지만 또한 현명하게 때를 기다릴 줄도 알았다. 지금은 때가 아니었다.

그리고 지금, 마카사를 믿고 있으면서도 아람은 마음 한편이 먹먹해지며 불안해졌다. 그래, 마카사는 반드시 온다. 아람을 위해, 남동생을 위해. 세상에 남은 마지막 남동생이니까. 아람은 이 사실을 알았다. 그리고 그 말은 곧 마카사가 위험을 무릅쓰고 불쌍한 머키를 구할 리 없다는 뜻임을 알았다.

해가 뜨고 졌지만, 말루스는 나침반을 손에 넣지 못했다. 지금쯤 어린 멀록은 죽었으리라. 아람은 입술을 깨물고 눈을 훔쳤다. 오우거에 둘러싸인 상태에서 대놓고 눈물을 흘릴 수는 없었다. 하지만 마음속으로는 머키를 위해 촛불 하나를 켜고 멀록의 신이 보살펴 주기를 기도했다.

＊　　＊　　＊

해가 떴을 때 말루스, 싸르빅, 발드레드, 스로그는 바위 아래 꺼진 모닥불을 내려다보며 서 있었다.

"만조오오옥해? 너나 네가 하는 자아아앙난이! 무엇 때문에 그 아이가 그 소오오오중한 것을 하찮은 멀록과 바꾸리라고 생각했어? 억지로 나치이임반을 뺏기가 두려웠어? 아니면 그으으으냥 대단한 멍청인 거냐?"

아라코아인 싸르빅이 시끄러운 소리로 불평했다.

말루스의 움직임이 너무도 갑작스러워서 싸르빅은 완전히 허를 찔렸다. 말루스는 싸르빅의 목을 붙잡고 들어 올렸다. 싸르빅의 발이 허공에서 대롱거렸다.

"주문을 외고 도망쳐보시지." 말루스가 말했다.

싸르빅은 캑캑거리며 말루스 대장의 손아귀에서 빠져나가려고 몸부림을 쳤다.

"새 인간, 네가 누구를 모시든 난 상관 안 한다. 그러나 한 번만 더 네 주제를 모르고 건방지게 굴면 닭 잡듯 네 모가지를 비틀어버리겠다."

말루스가 손에서 힘을 빼자 싸르빅이 땅으로 떨어졌다. 숨을 헐떡이며 부리 사이로 쌕쌕거리는 소리를 냈다. 싸르빅이 죽일 듯이 노려봤지만 말루스는 무시해버렸다.

발드레드 남작은 나지막이 낄낄거렸다. 스로그는 시선을 돌렸다. 속으로는 통쾌해했지만 표현하진 않았다. 싸르빅이 쓰는 마법을 두려워했기 때문이었다. 싸르빅이 나중에 복수할 만한 이유를 만들고 싶지 않았다.

머키는 자세한 상황을 알지 못했다. 아직 자기 그물에 얽혀 있는 상태였고 오우거의 어깨에 매달려 있는 신세였다.

머키는 친구들이 가버렸다는 사실을 알았다. 자기를 나쁜 자들에게 버려둔 채 떠났다는 사실을 알았다. 그리 놀랍지도 않다는 사실이 슬펐다. 동물로 변신하는 쿨두르르르 그러니까 둘루스는 만난 지 얼마 되지도 않았고 므르크사는 머키를 버리고 가자고 몇 번이나 말했다. 그러나 우룸이라면 도우려 했으리라 생각했다. 어쩌면 새로운 친구 우룸은 자기를 버리지 않으려 했을지 모른다. 그리고 자신이 잘못 생각했음을 깨닫자 머키의 가슴이 조금 미어졌다.

말루스가 한숨을 쉬고는 스로그에게 말했다.

"멀록을 죽여라."

머키의 마음 한구석에서는 저들이 자신을 죽이는 게 차라리 자비를 베푸는 일이라고 생각했다. 머키는 가족을 잃고, 마을도 잃고 이제 새로운 친구도 잃었다. 이 세상에 머키가 있을 곳은 없었다.

바로 그때, 자스라가 돌아왔다. 말루스가 자스라를 보며 물었다.

"흔적을 찾았나?"

"어느 정도는."

자스라가 냉혹하게 웃으며 반응을 살피고자 잠시 말을 멈췄다.

말루스는 수수께끼 놀이나 하고 있을 기분이 아니었다.

"뜸 들이지 말고 전부 말해."

"놈들은 여기서 멀지 않은 곳에서 매복 공격을 당했어. 오우거한테."

자스라는 힐끗 스로그를 쳐다봤다.

"골두니 부족의 지파야."

스로그가 크게 헛기침을 했다.

말루스가 곰곰이 생각에 잠겨 있다가 입을 열었다.

"골두니를 안다. 왕이 고르독이지. 뭐, 그들은 모든 왕을 고르독이라 부르지만. 중요한 건 아니니까."

말루스는 자스라가 수집한 정보에 관심을 돌렸다.

"뭘 알아냈지?"

"그 인간 여자가 오우거 셋을 죽였다. 시체가 남아 있었어. 상처를 봐서 알아."

"추적할 수 있겠나?"

"오우거 흔적이야 뚜렷하게 보이지. 산속으로 가서 이실디엔 쪽으로 갔어. 하지만 나이트 엘프나 그 인간들 흔적은 없었어. 시체도 없었고. 오우거가 납치해서 메고 간 거야."

"메고 갔다라… 산 채로 아니면 죽은 채로?" 말루스가 물었다.

"인간의 피는 없었어. 나이트 엘프 피만 조금 있었지. 그러니 오우거가 놈들을 목매단 게 아니라면 확실히 살아 있어."

둘의 대화를 듣고 있던 스로그가 입을 열었다.

"오우거 죽은 인간이나 죽은 엘프 가지고 가지 않는다."

"먹지도 않아?" 발드레드가 히죽거리며 속삭였다.

스로그가 곰곰이 생각하더니 어깨를 으쓱하고는 말했다.

"엘프 고기 맛 끔찍하다. 하지만 사슴 고기와 곰 고기 좋다. 인간 고기 힘줄 많다. 그러나 가끔 힘줄 좋다. 스로그 기분 좋으면."

말이 끝나기 무섭게 스로그가 침을 흘리기 시작했다. 발드레드가 스로그를 계속 자극했다.

"너라면 아이를 어떻게 요리하겠나? 향신료를 쓸 텐가?"

"시체 상태에서 피로 요리한다." 스로그가 대답했다.

"제정신이 아니군."

자스라가 역겨워하며 고개를 젓더니 말을 이었다.

"먼저 피부터 모조리 빼야 해. 고기가 거의 없으니 뼈에 붙은 건 뭐든 다 떼어내야겠지. 육포를 만들어도 좋고."

"그래도 산 채로 잡아 생으로 먹는 게 더 좋다."

스로그가 반박하며 다시 어깨를 으쓱했다.

"멍처어어엉이들! 나치이이임반은 어쩌고?"

몹시 짜증이 난 싸르빅이 헐떡거렸다. 음절 하나를 낼 때마다 아픈 목이 찢어지는 듯했다.

"아직 그 애한테 있어. 장담해. 골두니 오우거들이 그 물건에 관심 가질 이유가 없어."

자스라의 말에 스로그가 말을 보탰다.

"오우거 나침반 못 먹는다."

이 대화를 매우 재미있게 듣던 발드레드가 머리를 기울이고는 말루스에게 말했다.

"그렇다면 소년은 당신 제안을 받아들일 준비가 됐는지도 모르겠소."

말루스가 생각에 잠긴 채 고개를 끄덕였다. 불만스러워하는 싸르빅이 말한 것과는 반대로 말루스는 잠시도 나침반을 생각하지 않은 적이 없었다. 맑은 정신으로 있을 때는 온통 나침반 생각뿐이었다. 심지어 꿈속에서조차 나침반을 생각했다. 나침반을 손에 넣어야만 했다. 아라코아인 싸르빅의 주인에게 바치는 선물로써가 아니라. 아니, 말루스에게는 자신만의 계획과 자신만의 목적이 있었다. 14년 전에 시작되었던 일을 끝내고자 결심한 것이다. 그리고 그 일을 끝내려면, 반드시 나침반이 있어야 했다.

"스로그 지금 배고프다. 스로그 지금 멀록 죽이나? 스로그 멀록 먹어도 되나? 멀록 닭고기 맛 난다."

스로그의 말에 말루스가 고개를 저었다.

"아니, 죽이지 마라."

스로그가 실망한 표정을 짓자 말루스는 오우거의 튼실한 팔을 부드럽게 두드리며 말했다.

"아직은 아니다. 쓸모가 있을지도 모르니까. 이상하지만 우린 소년을 구출하는 임무를 시작해야 할 것 같다."

"구추우우울?"

싸르빅이 쉭쉭거리며 격분했다. 그러나 말루스가 힐끗 노려보자 싸르빅은 비굴하게 고개를 떨군 채 더는 아무 말도 하지 않았다.

머키는 저들이 말하는 교환이란 게 뭔지 거의 이해하지 못한 채 자기가 끝장났다는 사실만 깨달았다. 한편으로는 자비로운 죽음이 더는 매력적으로 들리지 않았다. 특히 오우거의 음식이 되는 일은 전혀 괜찮은 죽음이 아니었다. 그래서 죽음이 연기되었다는 사실이 기뻤다. 게다가 우룸과 므르크사, 둘루스가 사실은 자기를 버리고 간 게 아니라는 사실에 흥분했다. 하지만 그르루룬데가 이 친구들을 잡아갔다는 사실을 알고 공포에 휩싸였다. 머르글리 숙부와 머르를 숙모도 놈들에게 잡혀간 뒤로 다시는 볼 수 없었다. 그리고 지금, 자신을 납치한 자들이 자비롭지 않다는 것을 알면서도 그들이 구출 계획을 세우고 있다는 사실에 몹시 들떴다. 그래서 외쳤다.

"머키 아오로로옳!"

그러나 '할 수 있는 건 사소한 일이라도 돕겠다'는 머키의 제안은 아무도 알아듣지 못하는 바람에 그냥 무시되었다.

자스라를 따라 가려진 자들은 오우거와 그들의 포로, 그리고 소중한 것을 손에 넣고자 산으로 향했다.

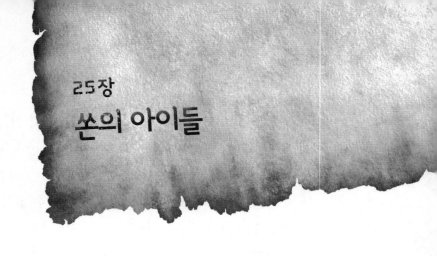

25장
쏜의 아이들

밤이 되면서 평지로 접어들었다. 오우거와 그 포로들이 이동한 지 한두 시간 정도 지나자 달이 높이 떠올랐고 나무들이 한 줄로 늘어선 곳이 나타났다. 오우거들은 조잡하게 야영지를 만들고 나서 소나무 하나를 통째로 베어 불을 피웠다. 그러고는 무리 중 한 명이 다른 삼베 자루에서 꺼낸 돼지 한 마리를 통째로 구웠다.

아람과 탈리스는 무릎이 꿇린 다음 두꺼운 밧줄에 묶였다. 밧줄이 너무 두꺼워서 아람의 가는 손목을 단단히 감지는 못했다. 아람은 언제라도 손을 빼낼 수 있다는 사실을 곧바로 알아챘는데, 이는 마카사가 나타났을 때 도움이 될 것이었다.

그리고 마카사도 같은 생각을 했다.

강은 마냥 친절하지만은 않았다. 물살은 마카사를 오우거의 창으로부터 멀리 벗어나게는 해주었지만, 몇 번이고 바위에 부딪히게 하는 바람에 허리에 매고 있던 블러드혼 경, 그러니까 멧돼지 가죽 꾸러미와 그 안의 내용물이 떨어져 나갔다. 게다가 쇠사슬과 작살 중 하나만 선택해야 했다. 둘 다 가지고 있다간 빠져 죽을 게 뻔했다. 이번에는 작살을 던져났다가 나중에 가지러 올 수도 없었다. 그래서 그냥 강물 아래로 흘려보냈다.

마카사는 가까스로 강가에 닿았다. 여기저기 부딪혀 멍이 들고 피가 흘렀다. 잠시 멈춰 숨을 돌렸다. 갑작스럽게 밀려든 피로감과 싸우면서 그 골칫덩어리 아람 녀석을 버릴까 하는 생각도 했다. 그러고 싶었다. 그럴 수 없는 유일한 이유는 돌아가신 아버지께 진 목숨 빚 때문이었다.

그러나 더는 그런 핑계를 대며 자신을 속일 수 없었다. 아람은 이제 자신의 동생이었다. 마카사도 알았다. 광포한 호드로부터 아다셰, 아카싱가, 아말레 오빠 셋을 구해낼 수 없었다. 그러나 아람의 목숨을 구하는 일은 자신이 할 수 있는 일에 해당되었다. 피로감은 미뤄둬야 했다.

마카사는 떠내려 온 길을 되돌아갔다. 죽은 오우거 셋을 제외한 나머지 오우거는 이미 사라졌고 아람과 탈리스도 마찬가지였다. 그러나 그들의 이동 경로는 어렵지 않게 따라갈 수 있었다. 무리는 빠르게 이동하고 있었다. 따라잡는 일 자체가 마카사에게 만만치 않은 도전이었다. 그러나 단독으로 움직이는 상황이라 마카사는 엄청나게 빠른 속도를 유지할 수 있었다. 해가 뜨고 몇 시간이 지났을 무렵, 마카사는 앞쪽에서 습격한 오우거 무리를 찾아냈다.

마카사는 들키지 않은 채 위험한 도전을 감행하는 중이었다. 사실 이 정도 높이에서는 몸을 감출만 한 곳이 거의 없었다. 운 좋게도 골두니 오우거들은 누가 따라오리라고는 생각하지 않아서 뒤를 돌아보는 일이 드물었다. 그래서 마카사는 조금 더 다가가 오우거 사이에 있는 아람과 탈리스가 보일 정도로 거리를 좁혔다. 아람이 힘겹게 애쓰며 따라가는 모습도 보았고, 등판 넓은 오우거가 아람을 앞으로 밀치는 모습도 보았다. 마카사는 당장이라도 그 넓은 등 오우거를 해치워버리고 싶었다.

아람과 탈리스는 오우거들이 돼지의 가장 맛있는 부분을 놓고 싸우는 모습을 보며 침묵을 지키고 있었다. 둘 중 누구에게도 먹어보라는 말은 없었다. 대신 아람은 기억을 되씹었다. 아주 작은 즐거움이었지만 기억 속으로 빠져들면서 어느 정도는 자유를 누렸다.

침묵 속에서 말을 타고 가는 두 사람은 아람과 아버지라는 권리를 주장하며 돌아온 남자였다. 그레이던 쏜이 자진해서 포기했던 권리였다. 아무런 설명도 없었고 한마디 사과도 없었다. 말이 한 걸음 내디딜 때마다 아람은 집과 호숫골의 가족으로부터 멀어졌다.

둘은 어느 여관에 들러 여전히 침묵 속에서 식사했고, 침묵 속에서 나란히 누워 잠을 잤다. 다음날 아침에도 침묵 속에서 말을 타고 달렸다.

그러나 침묵의 의미는 각자 달랐다. 아람의 침묵은 억울함이었다. 아람은 자기 의지와는 상관없이 억지로 가족과 호숫골을 떠나야 했다는 사실에 화가 났다. 비록 어머니와 롭 아저씨가 그 결정에 동참했지만, 아람은 쏜 선장을 벌주기로 마음먹었다. 어쩌면 앞으로 함께 보내는 1년 내내.

쏜 선장의 침묵은 달랐다. 그것은 망설임의 침묵이었다. 힘든 투쟁의 침묵이었다. 무슨 말을 해야 할지, 언제 어떻게 말해야 할지 알 수 없었다. 아들의 타당한 분노를 어떻게 풀어줘야 하는지도 알수 없었다. 타당하다는 것을 알기에 더욱 그랬다. 무슨 권리로 이제와서 아람의 삶에 다시 끼어들었을까? 무슨 권리로 자기가 저버린 아이를 요구했을까?

결국 침묵을 깬 것은 아버지로서가 아니라 선장으로서였다. 쏜 선장이 말했다.

"파도타기호가 마음에 들 거다. 좋은 배거든."

아람은 천천히 고개를 돌리고는 이 남자를 영원토록 입 다물게 할 만큼 경멸 어린 시선을 보냈다. 그러나 선장은 아이의 분노에 용감하게 맞섰다.

"선원들도 좋은 동료다. 나한테 얼마나 화가 났는지는 몰라도, 선원들에게 화풀이하거나 멸시하는 태도를 보이지는 마라. 그런 취급을 받을 자들도 아니고, 그런 취급에 가만히 있을 자들도 아니니까."

아람이 고개를 숙였다. 말해준 사람이 누구든 간에 일리 있는 충고여서 받아들일 수밖에 없었다. 하지만 그게 전부는 아니었다. 말해준 사람을 무시하는 방법도 알아냈으니까. 어머니가 이방인에게 마음을 열라고 하지 않았던가? 롭 아저씨가 자신만의 불을 지피라고 하지 않았던가? 쏜 선장의 충고는 이미 두 사람이 여러 가지 다른 표현으로 당부한 말이었다.

아람과 쏜 선장이 항구에 도착했을 때, 아람은 파도타기호의 위용에 놀라지 않을 수 없었다. 정말 오래된 배였다. 낡은 배의 선체에는 여러 번 때운 자국이 있었다. 그러나 아람에게는 예술가적 기질이 있었기에 배의 우아한 선과 품격 있는 설계를 곧바로 알아봤다. 아름답다고 생각했다. 비록 아버지라는 남자가 통솔하는 배이긴 했지만.

한 소녀가 발판에서 내려와 가까이 다가왔다. 그 순간 아람은 친구가 되자는 제안을 하기로 마음을 먹었다. 소녀는 키가 크고 인상적인 체구에 아람보다 몇 살 위인 듯했다. 까무잡잡한 피부에 짧게 자른 검은색 머리의 그 소녀는 흰날검으로 무장한 채 작살을 들고 있었다.

"아람, 이쪽은 이등항해사인 마카사 플린트윌이다. 배에서 어떻게 지내야 할지 알려줄 거다."

쏜 선장의 말에 아람은 손을 내밀고 말했다.

"좋은 친구가 될 것 같네요."

마카사는 아주 터무니없는 이야기를 들었다는 표정으로 아람을 빤히 보며 입을 열었다.

"우린 친구가 아니야. 난 항해사야. 넌 사환이고. 내가 지시하는 건 뭐든 해야 해. 그러면 잘 지낼 수도 있겠지."

아람이 어이없다는 표정을 짓자 느닷없이 마카사가 아람의 셔츠 앞섶을 움켜쥐고는 코앞까지 끌어당기고 말했다.

"나한테 그따위 표정 짓지 마. 내가 보는 데서 그따위 표정 짓지 말라고."

충격을 받은 아람은 쏜 선장을 힐끗 쳐다봤다. 그러나 쏜 선장은 재미있어하며 승인한다는 뜻으로 마카사에게 고개를 끄덕였다.

마카사도 고개를 끄덕이며 아람의 셔츠를 놓아주고는 휙 돌아서서 발판으로 성큼성큼 걸음을 옮겼다. 그러고는 뒤도 돌아보지 않은 채 명령했다.

"따라와, 어서."

아람은 서둘러 마카사의 뒤를 쫓아갔다.

지금은 아람이 마카사를 기다리고 있었다.

오우거들이 야영지를 만들 때, 마카사는 놈들이 피운 화톳불의 불빛이 밝아서 오히려 주위의 어둠이 더 어둡게 보인다는 사실을 알았다. 그 덕분에 가까이 다가가 자신이 뭘 할 수 있을지 판단하기가 용이했다.

오우거 열셋. 마카사에게는 아직 휜날검과 방패, 쇠사슬과 손도끼가 있었다. 그러나 강물에 버려야 했던 작살 생각이 간절했다. 마치 발드레드처럼 팔 하나가 없어진 기분이었고, 어떤 면에서 보면 비유가 아니라 사실이기도 했다. 확고했던 자신감이 흔들렸다.

오우거 열셋은 너무 많았다. 다른 놈들이 알아채지 못하게 몰래 숨어 들어가 두셋 정도를 해치울 수는 있었지만 그렇다 하더라도 싸워야 할 상대가 오우거 열 명이었다. 마카사가 동시에 처리할 수 있는 머릿수보다 일곱이나 더 많은 셈이었다. 게다가 넓은 등 오우거는 마카사의 약점을 알았다. 다른 오우거들이 마카사를 궁지에 몰아넣는 동안 넓은 등이 아람을 위협하거나 심지어 해칠 수도 있었다.

그렇지만 놈들이 목적지에 다다르면 상황이 좋아질 가능성은 거의 없었다. 지금은 열셋이지만 놈들이 자기 부족과 합류하면 몇 명이 될까? 오십 명? 백 명? 그 두 배? 다섯 배? 하지만 아무리 원시적인 오우거 부락이라 하더라도 그곳에는 숨을 곳도 있고 아람을 감시하는 자의 주의를 딴 데로 돌릴 만한 것들도 더 많을 터였다.

구출 가능성이 좀 더 클 수도 있었다.

하지만 다른 가능성도 분명 있었다. 누가 알겠는가? 오우거는 머리가 좋다거나 주의력이 좋은 존재가 아니다. 어쩌면 열셋이 모두 실컷 배를 불린 후 깊이 잠들 수도 있었다. 만약 알아채기 전에 여덟이나 아홉을 영원히 잠재울 수 있다면 완전히 다른 상황이 될 터였다. 특히 저 넓은 등 오우거를 해치울 수 있다면 더더욱.

결국 마카사는 아람으로부터 20미터도 되지 않는 거리에서, 이 암울한 상황에도 불구하고 평상시의 절제력은 어디로 갔는지 구운 돼지고기 냄새에 군침을 흘리며 어둠 속에 숨어 때를 기다렸다.

오우거들은 돼지의 살코기는 물론 뼈와 내장까지 모조리 먹어치웠다. 그야말로 아무것도 남지 않았고, 당연히 아람이나 탈리스에게 고기 한 점 권하지 않았다.

넓은 등은 둘을 묶은 밧줄 한쪽 끝을 자기 손목에 묶고 바위에 기댔다. 우렁우렁한 소리로 오우거 셋에게 무어라 외쳤는데 불침번을 세우는 모양이었다. 그러고는 눈을 감았다. 잠시 뒤 놈은 요란스럽게 코를 골기 시작했다. 다른 오우거 몇 명도 잠이 들었지만, 불침번 임무를 맡은 오우거 셋은 서로에게 툴툴거리고 소리치고 껄껄 웃으며 코를 그르렁거렸다. 그 불협화음이 한데 어우러지면서 상당히 시끄러웠고 덕분에 아람과 탈리스는 들키지 않고 속삭이며 말할 수 있었다.

"마카사는 어디 있느냐?" 탈리스가 먼저 물었다.

아람은 어둠 속으로 고개를 휙 돌리며 작은 소리로 대답했다.

"저쪽 어딘가에 있는 것 같아요. 때를 기다리고 있는 게 분명해요."

탈리스는 아람의 확신을 의심하거나 이의를 제기하지 않은 채 고개를 끄덕였다.

"머키는?"

아람은 고개를 저었다. 큰 기대는 할 수 없는 상황이었다.

탈리스가 애석해하며 다시 고개를 끄덕였다.

"나침반은 잘 가지고 있느냐?"

"네."

아람은 주위를 둘러보며 지켜보는 골두니 오우거가 없는지 확인했다. 그런 다음 조금씩 움직여 밧줄에서 한 손을 빼낸 후 셔츠 밑으로 손을 넣었다.

탈리스는 아람의 재주에 놀랍다는 미소를 지었다. 하지만 아람과 탈리스가 나침반을 들여다봤을 때의 놀라움은 그에 비할 게 아니었다. 그렇게 오랫동안 끈질기게 남동쪽을 가리키던 나침반의 수정 바늘이 지금은 북동쪽을 가리키고 있었다! 게다가 빛나기까지 하다니!

탈리스가 침을 꿀꺽 삼키며 혀로 윗입술을 두드리고는 속삭였다.

"전에도 이런 적이 있었느냐?"

멍해진 채 할 말을 잃은 아람은 고개를 저었다. 그러고는 재빨리 그 빛이 누군가의 눈에 띄지 않도록 나침반을 셔츠 밑으로 넣었다. 아람은 나침반에 관해 조금이라도 아는 바를 근거 삼아 어떻게 해서든 지금 상황을 이해해보려고 했다. 그러나 아무런 추측도 생각도 떠오르지 않았다. 미궁에 빠진 시선으로 탈리스를 바라볼 뿐이었다. 탈리스는 그저 어깨를 으쓱하며 말했다.

"잠을 좀 자둬라. 마카사가 오는지는 내가 지켜볼 테니."

아람이 뒤쪽의 밧줄 매듭 사이로 도로 손을 넣고는 속삭였다.

"잠이 들 것 같지 않아요."

"너무 빨리 잠들어서 놀랄 거다. 어서 잠을 청해봐라."

아람이 그럴 리 없다는 표정으로 눈을 굴렸다. 마카사가 아주 싫어하는, 몇 주 동안 짓지 않았던 표정이었다. 갑자기 가슴이 뜨끔하며 죄책감이 밀려왔다. 주위는 어두웠지만, 혹시 마카사가 있는 거리에서 자신의 표정이 보였을지 궁금했다.

"어서 잠을 청해봐라." 탈리스가 다시 말했다.

아람은 눈을 감고 생각했다. 잠이 들 것 같지 않….

그들이 앞으로 행진하기 시작했다. 하나씩 차례로.

놀의 여족장 깍깍이 "좋은 마법이야."라고 말하면서 수정 조각을 들어 올렸다.

속삭이는 남자, 레이골 발드레드 남작이 "좋은 마법이야."라고 말하면서 수정 조각을 들어 올렸다.

쎄야 노스브룩 쏜 글레이드가 "좋은 마법이야."라고 말하면서 수정 조각을 들어 올렸다.

두안 펜이 "좋은 마법이야."라고 말하면서 수정 조각을 들어 올렸다.

롭 글레이드가 "좋은 마법이야."라고 말하면서 수정 조각을 들어 올렸다.

오우거 스로그가 "좋은 마법이다."라고 말하면서 수정 조각을 들어 올렸다.

로버트슨 글레이드가 "좋은 마법이야."라고 말하면서 수정 조각을 들어 올렸다.

셀리아 글레이드가 "좋은 마법이야."라고 말하면서 수정 조각을 들어 올렸다.

탈리스가 "좋은 마법이야."라고 말하면서 수정 조각을 들어 올렸다.

더간 원잣이 "좋은 마법이야."라고 말하면서 수정 조각을 들어 올렸다.

심지어 머키까지 "좋은 마법이야."라고 또렷하게 말하면서 수정 조각을 들어 올렸다.

침묵의 조 바커는 아무 말도 없이 수정 조각을 들어 올렸다.

그레이던 쏜 선장이 "좋은 마법이야."라고 말하면서 수정 조각을 들어 올렸다.

모두 아람 주위를 에워쌌다. 모두들 각자의 손에 자기만의 수정 조
각을 들고 있었다. 수정이 빛나기 시작했다. 그 빛이 중앙에 있는
아람의 머리 위로 향했다. 눈이 멀 정도로 환하게 빛났다. 빛의 목
소리가 말했다.
"아람, 아람, 이 좋은 마법으로 날 구해다오….."
겁을 먹은 아람이 목소리를 뒤로한 채 머리를 감쌌다.

아람은 빛을 외면하지 못했다는 느낌을 받으면서 번쩍 눈을 떴
다. 탈리스는 골똘히 아람을 지켜보고 있었다. 나이트 엘프의 시선
에 꿈은 빠르게 희미해졌지만 자신이 실패했다는 느낌과 약속을
지키지 못했다는 느낌은 남아 있었다. 아람은 야영지 주위를 둘러
봤다. 지금은 잠들기 전보다 더 고요했다. 다수가 코를 골고 있었지
만 웃음소리나 고함은 들리지 않았다. 오우거 셋이 여전히 불침번
을 서고 있었고 넷은 불가에 앉아 장작을 더 넣고 있었다. 아주 잠
시 잠든 것 같았는데 벌써 지평선 위로 동이 트면서 희미한 빛이 비
쳐오고 있었다.

탈리스는 눈으로 괜찮은지 묻고 있었다.

"괜찮아요. 피곤하실 텐데 이제라도 좀 주무세요."

아람이 속삭였다.

그때 밧줄이 확 당겨지고 뒤통수를 강타하는 손길이 느껴졌다.
아람과 탈리스가 넓은 등 오우거를 돌아보았다. 넓은 등은 여전히

눈을 감은 채 중얼거렸다.

"말 금지다. 아니면 자루다."

새벽이 다가오면서, 마카사는 발각되지 않도록 골두니 오우거와 거리를 벌렸다. 그러나 아람이 또다시 얻어맞는 꼴을 똑똑히 보았고, 기필코 저 등판 넓은 오우거를 처치하겠다고 다짐했다.

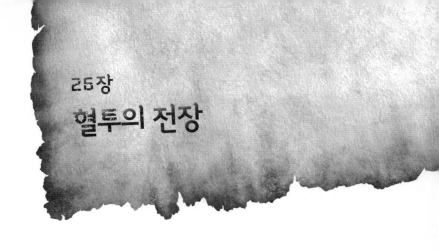

25장
혈투의 전장

아침이 밝으면서, 넓은 등 휘하의 오우거와 포로들은 다시 북쪽으로 향했다. 늦은 오후쯤에 무리는 산마루를 따라 오르막을 오르고 있었다. 길이 좁아서 한 줄로 움직여야 했지만, 탈리스와 아람이 도망칠 기회는 없었다. 길 양쪽으로 한 번도 본 적 없는 나무 뾰족쐐기, 즉 '가시'가 달린 거대 덤불이 빽빽하게 들어차 있었다. 이제 모든 지역의 나무가 어디로 사라졌는지 분명해졌다. 뾰족쐐기 크기는 30센티미터에서 3미터까지 다양했다. 어떤 건 열두 살 먹은 아람의 손목만큼 굵었고 어떤 건 오우거의 허리만큼 굵었다. 그리고 하나하나 끝이 아주 위험할 정도로 뾰족하게 깎여 있었다.

곧 산마루가 넓어지면서 오우거 둘이 나란히 걸어갈 정도가 되자 높다란 뾰족쐐기로 된 벽 사이 통로를 걸어가는 모양새가 되었다. 나무로 지은 경비 초소가 가는 길을 따라 일정 간격으로 높다랗게 서 있고 경비 초소 하나마다 지키는 오우거가 한 명씩 있었다. 아람과 탈리스는 시선을 교환했다. 마카사가 따라올 방법이 보이지 않았다.

30분 후, 무리는 나무와 철로 만든 거대 관문 양쪽의 경비 초소 두 곳을 지나갔다. 속도를 유지한 채 아무런 말도 없이 넓은 등이 손짓으로 신호하자 관문이 열렸다. 오우거 무리는 문을 지나 황혼 무렵, 작은 계곡 위쪽에 도달했다. 계곡 주위에는 뾰족쐐기가 훨씬 더 많았다. 사방이 거대한 폐허였다. 멀리서 보았던 이실디엔은 눈앞에서 보는 이 풍경에 비하면 왜소하기 짝이 없었다. 거대한 돌, 부서진 기둥, 웅장한 건물, 감히 상상조차 할 수 없던 건축물까지.

무너지고 폐허가 된 상태로도 숨이 막힐 듯한 광경이었기에 아람은 순간 말을 하지 말라는 명령을 잊어버리고 경이로워하며 속삭였다.

"여기가 어디예요?"

말을 했으니 자루에 담아버려야 했지만, 넓은 등은 오히려 놀라워하는 아람의 반응이 기쁜 듯 약간의 자부심을 보이며 말했다.

"여기 혈투의 전장이다."

아람은 이곳을 본 인간이 몇이나 될지 궁금했다. 아니, 살아서 돌

아온 사람이 있기는 한지 궁금했다. 아람은 걸음을 멈추고 스케치북을 꺼내고 싶었다. 사실, 자제하기도 전에 손이 저절로 뒷주머니를 향해 움직였다.

탈리스가 눈앞의 광경을 보고는 애석해하며 고개를 저었다. 혈투의 전장에서 탈리스는 넓은 등이나 아람과는 전혀 다른 것을 보았다. 탈리스가 목격한 것은 몰락해버린 나이트 엘프의 영광, 폐허에 묻혀버린 위엄, 사방에 쭈그리고 앉아 있는 아둔한 오우거들, 어둠 사이를 빠르게 내달리는 야생 하이에나의 모습이었다. 탈리스는 애달픈 한숨을 속으로 삭였다.

무리는 계곡의 꼭대기로 향했다.

골두니 오우거는 혈투의 전장 계곡에 넓게 퍼져 있었다. 그들이 있는 석조 건물은 대부분 고대 폐허를 개조한 것이었고 나머지는 최근에 조잡하게 지은 것이었다. 왼쪽으로 6미터는 족히 넘을 커다란 전당이 있었는데, 겉으로 보기에는 전부 가시로 만들어진 것 같았다. 나무 뾰족쐐기가 아니라 실제 가시가 거대한 가시덤불에서 자라나 전당의 아랫부분을 뒤덮고 있었다. 어디나 오우거가 있었다. 놀, 타우렌, 켄타우로스, 가시멧돼지 등 여러 종족과 만나며 단련된 아람의 눈에 남녀노소 다양한 오우거가 보였다. 가장 작은 오우거 아이도 키는 아람만 했고 덩치는 두 배에 달했다. 지나치며 본어느 거대한 남자 오우거는 4미터쯤 되는 바위 위에 누워 코를 골며 자고 있었다.

오우거의 피부는 대부분 불그스름한 살구색에서 짙은 포도주색 사이였지만, 2미터가 넘는 키에 피부는 회청색인 여자 오우거도 있었다. 대부분 아랫니의 엄니 두 개가 두드러지게 튀어나와 있고, 이마 중간에는 외뿔 하나가 솟아 있었다. 몇몇은 뿔이 두 개이기도 했고 심지어 어떤 오우거는 머리가 두 개였다.

오래전에 잊혔다고 해야 할지 아니면 오랫동안 무시되었다고 해야 할지 모를 고대의 신을 섬기던, 거대한 석조 사원을 향해 넓은 등 오우거 무리가 나아가자 모두들 옆으로 비켜서서 길을 내주었다.

무리는 구멍이 숭숭 뚫린 석조 경사로로 걸어 올라가 불길하게 금이 간 석조 아치를 지나갔다. 2미터는 족히 넘는 오우거 두 명이 무시무시한 도끼를 찬 채 아치를 지키고 있었다. 거대한 잡초 덤불이 듬성듬성 빠져 있는 포석 사이로 무성하게 자라나 있었고, 가시덩굴은 벽을 타고 길게 뻗어 있었다.

넓은 등 무리와 함께 아람과 탈리스가 지금은 용도가 무엇인지 모를 사원으로 들어가자 도끼를 휘두르는 오우거 여럿과 배짱 두둑한 하이에나 몇 마리가 침을 흘리며 이 말없는 행렬을 지켜보았다. 무리는 오른쪽으로 꺾어 들어간 다음 지붕의 상당 부분이 무너진 회랑을 따라 한참을 내려갔다. 드러난 하늘 밑으로 통로는 깨끗하게 치워져 있었지만, 무너진 돌 대부분은 그 자리에 그대로 놓여 있었다. 아람과 탈리스는 벽에 난 구멍 하나가 바깥으로 이어져 있는 것을 보았다. 둘은 상대가 나중을 위해 혹시 모를 탈출 경로를 파악해두었는지 확인하고자 빠르게 눈빛을 주고받았다. 그러나 넓은 등이 그 구멍을 보고 낮게 으르렁거리며 그런 생각은 하지도 말라는 경고를 보냈다. 불행하게도 넓은 등은 생김새만큼 멍청하지 않았다.

이윽고 거대하지만 임시로 만든 거친 나무 문 앞에 다다랐는데, 그 문은 오우거 한 부대 전원이 지키고 있었다. 넓은 등이 어마어마하게 덩치가 크고 외눈박이에 등이 굽은 오우거에게 고개를 끄덕이자 그 오우거가 동료들에게 신호를 보냈다. 부대원들이 커다란 바퀴를 돌렸고 나무 문이 끼익 소리를 내며 위로 올라갔다.

포로를 처음 잡고 난 뒤 5분여를 제외하고는 여행 내내 떠밀 이유가 거의 없었지만, 지금 넓은 등은 사원 중앙의 방으로 들어가면서 아람과 탈리스가 얼마나 하찮은 신세인지 좀 더 확인시켜주려는 듯했다. 처음엔 앞으로 가라고 떠밀더니 골두니 오우거의 왕인 고르독 앞에 도착하자 무릎을 꿇렸다.

고르독은 거대했고 넓은 등과 덩치가 비슷했다. 고대의 제단을 조각하여 만든 왕좌에 앉아 있었지만 분명히 스로그보다 컸다. 이마에는 흰색 뿔이 하나 나 있었고 대머리 정수리에도 뿔이 하나 더 솟아 있었으며 온몸 여기저기를 뚫어 고리를 매달아놨다. 아람이 몇 번이고 전부 세어보려고 했지만, 그때마다 헤아리던 수를 놓치기 일쑤였다. 고르독은 오우거 소녀가 들어 올린 커다란 가시멧돼지 해골에서 호두를 꺼내 먹었다. 오우거 기준으로는 작은 소녀였지만 아람보다도 훨씬 컸다. 왕은 오우거 소녀가 너무 멀리 있다고 호통을 치더니 그리 멀리 있지도 않았는데 철썩하고 때렸다. 그러고는 해골로 손을 뻗어 호두를 몇 개 더 집었다. 고르독이 두꺼운 손으로 주먹을 쥐어 우두둑 호두를 부수고는 알맹이고 껍데기고 할 것 없이 죄다 커다란 입으로 털어 넣자 끝이 뾰족하고 삐죽빼죽 난 이가 드러났다.

넓은 등 오우거는 두 포로 뒤에 서 있다가 주먹으로 가슴을 치며 인사했다. 넓은 등이 대기하는 동안, 고르독은 넓고 납작하지만 두꺼운 황금 코걸이가 걸린 코 아래로 아람과 탈리스를 내려다보며 입을 벌린 채 호두를 천천히 씹었다. 고리가 달린 입술 사이로 호두 알맹이와 껍데기가 튀어나와 무성하고 검푸른 수염에 떨어졌다. 왕은 잡아온 놈이나 잡힌 놈을 똑같이 경멸, 아니 그냥 지루한 듯 바라보았다.

마침내 고르독이 고개를 끄덕이고는 말했다.

"워르독."

아람은 '워르독'이 넓은 등 오우거의 진짜 이름이라는 것을 알았다.

"워르독. 고르독 행복하지 않다. 이 노예 못 버틴다. 몇 분도."

"어, 그렇다."

고르독의 말에 워르독이 슬프게 인정했다. 하지만 잠시 말을 멈추고는 자신이 가져온 포획물에 대한 자신감을 회복하고 말을 이었다.

"하지만 소년, 케르스쿨 죽였다. 엘프, 큰 곰으로 변한다. 그러니 재밌다. 맞나?"

내가 케르스쿨을 죽였다고? 아람과 탈리스는 빠르게 시선을 주고받았다. 넓은 등 워르독이 둘의 능력을 과장하는 게 분명했다. 워르독은 아람이 아무도 죽이지 않았다는 것을 알고 있었고, 탈리스는 변신할 기회를 잡기도 전에 의식을 잃고 쓰러졌었다.

고르독은 호두를 우두둑 씹으며 새로운 정보를 곰곰이 생각했다. 이빨이 삐죽삐죽하긴 했지만 아람은 고르독이 음식을 씹는 모습이 소와 비슷하다고 생각했다.

"케르스쿨 죽었나?" 마침내 왕이 물었다.

"그렇다. 보르독과 크롱크도."

"워르독이 죽였다."

의심한다기보다 잘못된 것을 바로잡으려는 듯했다.

"아니다." 워르독이 반박했다. 그러더니 거짓말이 더 늘어났다.

"소년, 케르스쿨 죽였다. 곰, 보르독과 크롱크 죽였다."

고르독은 여전히 이해가 가지 않는 눈치였다. 왕은 아람을 내려다보며 말했다.

"소년, 보잘것없다. 케르스쿨 안 죽였다."

워르독이 아람의 허리띠에서 흰날검을 뽑았다.

"소년 이것 사용했다. 케르스쿨의 피 아직 있다."

아람과 고르독 둘 다 눈을 가늘게 뜨고 그 검을 살펴봤다. 분명 칼날에는 피가 조금 묻어 있었다. 워르독이 검을 뽑을 때, 아람이 옆구리를 찔렸던 작은 칼에 대고 그 칼날을 문지른 게 분명했다. 아람은 생각했다.

'음, 적어도 내가 저 검에 피를 묻힌 건 사실이잖아.'

"내가 죽였어."

왕의 부족원을 죽였다는 이유로 벌을 받기보다 인정받기를 바라며 아람이 말했다. 어쨌든 그 거짓말 덕분에 왕은 미소를 지었고 워르독은 고개를 끄덕였다.

고르독이 계속 실눈을 뜬 채 검을 살폈다. 그러더니 탈리스에게로 고개를 돌렸다.

"엘프, 보르독과 크롱크 죽였나?"

탈리스는 사실 하품을 하던 중이었는데 하품을 멈추고 오만하게 대답했다.

"그게 그들 이름인가?"

"곰 보여라." 왕이 요구했다.

"밤에만 된다." 탈리스는 차분하게 대답했다.

고르독 왕이 끙 하는 소리를 내고서 또 한 번 오우거 소녀를 철썩 때렸다. 왕은 호두를 더 집어 들고는 잠시 천장을 올려다보며 생각에 잠긴 채 호두를 씹어 먹었다.

"멀록보다 낫다….”

워르독이 조심스레 자신의 생각을 말하자 고르독이 웃음을 터뜨렸다.

"그렇다! 그 빌어먹을 멀록 정말 질렸다!”

"그러니 재밌다. 맞나?”

"놈들 재미있는지 고르독 말한다.”

고르독 왕은 워르독의 두 포로를 흥미롭게 보는 오우거 소녀를 힐끗 보았다. 다시 포로들에게로 시선이 향한 고르독은 승낙의 뜻으로 고개를 끄덕였다. 지금은 여유롭게 일을 처리하고 싶었는지 어깨를 으쓱하고는 말했다.

"놈들 구덩이에 던진다.”

둘은 사원에서 끌려 나와 가시 전당 방향으로 난 내리막길을 걸었다. 내리막길에서 보니 그곳은 텅 빈 우리에서 약 2, 30미터 정도 떨어져 있었고 나무 울타리가 둘러져 있었다. 또한 커다란 원형 경기장이 있었는데, 산비탈을 깎아 사암 좌석을 만들고 둥근 격투장을 지어놓은 곳이었다. 해가 지고 있었고 오후의 햇빛이 격투장의 돌바닥에 반사되면서 선명한 핏빛으로 빛났다.

원형 경기장과 앞으로 닥칠 일을 골똘히 생각하느라 아람은 구덩이 바로 위에 다다를 때까지도 알아차리지 못했다. 거대하고 깊은 구덩이의 벽은 부드러운 돌로 만들어졌고, 군데군데 붉은색 흔적이 눈에 들어왔다. 처음에는 그저 햇빛 때문일지도 모른다고 생각했다. 하지만 그런 확신은 점점 사라졌다. 낮게 내려앉은 태양은 어두운 구덩이 바닥까지 빛을 비추지 못했고 횃불 하나가 아래에서 기어 다니는 존재들의 그림자를 비춰줄 뿐이었다.

워르독이 구덩이 경비병에게 우르릉거리자 그에 대한 응답으로 경비병은 두꺼운 밧줄 사다리를 구덩이 바닥으로 늘어뜨렸다. 워르독이 사다리를 가리키자 아람은 시키는 대로 밧줄 사다리를 타고 아래로 내려갔고 탈리스도 그 뒤를 따랐다.

구덩이 바닥으로 내려가면서 아람의 눈이 횃불의 희미한 빛에 적응하기까지는 시간이 꽤 걸렸다. 아직 시야가 충분히 맑아지지 않았는데, 어둠 속에서 훌쩍거리는 소리가 들렸다. 뒤를 돌아보자 구덩이 벽에 만들어진 좁고 가는 틈 사이에서 반짝이는 두 눈이 아람을 쳐다봤다. 깜짝 놀란 아람이 휘청거리며 뒤로 물러나자 훌쩍이는 소리는 낮게 으르렁거리는 소리로 바뀌었다. 갑자기 반짝이는 눈이 앞으로 뛰어나오더니 어두운 형체가 아람에게 달려들어 땅에 쓰러뜨렸다.

겁이 난 아람이 자신에게 달려든 존재를 떼어내려고 필사적으로 버둥거리자, 바로 코앞에서 이빨이 번쩍거리더니 딱 하고 다물렸다. 하지만 다음 공격으로 이어지지는 못했다. 탈리스가 공격한 자를 떼어내 어딘지 분간할 수 없는 곳으로 내던졌기 때문이었다. 그 존재가 횃불 쪽으로 내동댕이쳐지는 바람에 둘은 습격자의 정체가 노란색 점박이 '놀'이라는 것을 알았다. 작고 굶주려 보이는 바짝 마른 남자 놀은 강아지라고 하기엔 좀 더 컸고, 몸을 구부렸을 때의 키는 아람과 비슷했지만 어깨는 두 배로 넓었다.

아람은 거친 숨을 몰아쉬며 사다리로 달려가 올려달라고 애걸하고 싶은 욕망과 싸웠다. 그 순간, 아버지와 여족장 깍깍이 생각났다. 방금 전만해도 그 습격자에게서 벗어나려고 필사적으로 노력했던 아람은 느닷없이 탈리스, 놀, 심지어 자기 자신까지 놀랄 정도로 맹렬히 놀에게 덤벼들었다.

"아람, 멈춰라! 무슨 짓이냐?"

두 젊은 '전사'가 땅에서 뒤엉키자 탈리스가 외쳤다. 아람은 팔꿈치로 놀의 복부를 밀쳐내고는 턱을 세게 올려쳐서 입을 다물게 했다. 하지만 놀도 가만있지 않았다. 발톱으로 아람의 등을 할퀴고는 번쩍 들어 구덩이 벽에 세게 던져버렸다.

아람은 멍이 들고 피가 맺힌 채 진흙투성이 바닥에 떨어졌다. 구부정한 자세의 놀이 씩씩거리는 모습이 보였다.

아람은 고개를 젖히고 웃었다. 그 웃음소리가 구덩이 속에서 메아리쳤다. 놀은 조롱당한 줄 알고 발끈했다. 입을 벌리고 다시 한번 낮게 으르렁거리는 소리를 냈다. 아람은 일어나서 놀에게 다가가 천천히 손을 들었다. 놀이 움찔하자 아람이 다시 웃으며 놀의 어깨를 세게 탁 쳤다. 그러자 놀의 입술이 말리더니 크게 웃어댔다. 요란스럽고도 기괴한 웃음과 함께 놀은 피가 흐르는 아람의 등을 세게 탁 쳤다. 아람이 고통을 꾹 참으며 말했다.

"나는 호숫골의 아람이다."

그리고 탈리스를 향해 고개를 끄덕이며 말했다.

"이쪽은 드루이드 탈리스다."

놀이 킁킁거리며 아람의 냄새를 맡은 다음 탈리스의 냄새를 맡았다. 둘의 냄새는 인정을 받았는지 놀은 간식을 얻어먹으려는 강아지처럼 기쁘게 위아래로 펄쩍펄쩍 뛰었다. 놀은 두꺼운 앞발로 가슴을 두드리고는 말했다.

"덩굴발 놀, 쓱싹이다."

"쓱싹, 우리 모두 친구가 되었으면 한다. 이곳에서는 친구가 필요할 것 같으니."

친구라는 말을 연달아 들은 쓱싹의 얼굴에 갑자기 적의가 드리워졌다. 쓱싹은 네 발로 땅을 디디고는 크게 빙글빙글 돌면서 살금살금 아람 앞을 지나다니더니, 자기가 있던 틈으로 기어들어 가며 으르렁거리듯 말했다.

"쓱싹이 조만간 죽여야 한다. 그래서 친구 안 한다."

27장
좋은 마법

탈리스는 주머니에서 이것저것 약초를 꺼내 아람의 등을 치료해주었다. 마법을 사용한 것인지, 아니면 어느 마을에나 있는 치유사나 약제사들이 흔히 쓰는 의술로 간단히 치료했는지는 모르겠지만 어쨌든 탈리스의 치료는 찢어진 피부에 효과가 있었다.

탈리스는 쏙싹이 있는 곳을 힐끗 보았다. 구덩이 한쪽에 스스로 파놓은 틈에서 반짝이는 눈동자 두 개가 둘을 응시하고 있었다.

"그런 건 어떻게 알았느냐?" 탈리스가 물었다.

"아버지께서 가르쳐주셨어요."

"참으로 가치 있는 가르침이로다. 현명한 분이다."

"가끔은요."

대답하는 목소리에 원한이 담긴 듯해 서둘러 화제를 바꿨다.

"고맙습니다. 훨씬 낫네요."

"음, 피는 멎었다. 긁힌 자리는 그리 깊지 않다. 하지만 이 셔츠는 어찌할 도리가 없구나."

아람의 셔츠는 갈기갈기 찢어진 데다 등에서 난 피가 묻어 끈적끈적했다.

아람은 어깨를 으쓱했다. 어머니가 짜주었던 스웨터는 이미 더러워졌지만 아버지의 낡은 외투와 함께 아직 허리춤에 잘 묶여 있었다. 하지만 구덩이 아래에서 입기에는 두 벌 모두 너무 더웠고 긁힌 상처에 모직물이 쓸리거나 가죽이 달라붙는 느낌이 좋을 리 없었다. 아람은 손을 뒤로 뻗어 등 바깥쪽으로 셔츠를 잡아 뺐다. 그런데 앞에서 무언가가 걸렸다.

나침반이었다. 셔츠 아래에서 나침반이 걸려 살짝 당겨졌다. 탈리스도 그 광경을 보았다. 아람이 나침반을 빼내 확인해보았다. 수정 바늘이 은빛으로 희미하게 빛나고 있었지만, 지금은 동쪽을 가리켰고 나침반 전체가 그쪽으로 부드럽게 당겨지고 있었다. 아람은 지켜보는 이가 없는지 빠르게 주위를 둘러보다가 놀의 눈과 마주쳤다.

"멈춰."

아람이 실망한 듯 중얼거리자 갑자기 나침반의 움직임이 멎었다. 아람과 탈리스는 놀란 눈길로 서로를 보았고 아람은 셔츠의 남은 부분 밑으로 나침반을 집어넣었다.

"기묘하고도 기묘하구나."

탈리스가 혀로 윗입술을 가볍게 두드렸다.

"굳이 느낌을 말하자면, 불안해지는구나."

절제된 표현이었다. 동쪽에 얼마나 중요한 것이 있기에 나침반이 아람을 끌어당기는 것일까? 어쨌든 가젯잔과 호숫골은 나침반의 바늘이 가리키는 남동쪽에 있다. 하지만 그게 전부가 아니었다. 그저 오두막집의 난롯가로 돌아가고 싶다는 바람 외에 무언가가 더 있었다.

오랫동안 심사숙고하던 탈리스가 자신의 의견을 말했다.

"어쩌면 그 수정의 마법이 그대를 어딘가로 보내려는 게 아니라 누군가, 혹은 무언가를 찾게 하려는 것인지도 모르겠구나. 어쩌면 그 누군가나 무언가가 이동 중이고 아직은 우리의 동쪽에 있지만 우리처럼 동쪽으로 향하는지도 모르겠다. 그리고 지금이 가장 가까워진 상태일 수도 있다."

아람은 벌어진 입을 다물지 못했다. 탈리스에게 묻고 싶은 게 많았다. 그러나 당장 눈앞에 닥친 상황에 대한 불안감이 밀려들면서 궁금증은 일단 미뤄두기로 했다.

"지금은 더 큰 문제가 있어요."

"아, 그래?"

탈리스가 냉소적이고 쓸쓸한 미소를 지으며 말했다.

"이 구덩이에서 빠져나갈 방법을 알아내는 건 고사하고, 마카사가 그 가시 방어벽과 관문, 오우거를 뚫고 들어올 수 있다고 생각하느냐?"

"저는 마카사 누나가 뭐든 할 수 있다고 생각해요. 하지만 우리도 준비를 해야죠. 누나가 우리를 더 쉽게 구출해낼 수 있는 방법을 찾아야 해요."

아람이 진심을 담아 말했다.

"그렇다면 함께 연구해보자꾸나."

둘은 구덩이를 가로질러 가서 다른 포로들에게 자기소개를 했다. 많지는 않았다. 늙고 다리가 하나뿐인 타우렌 하나와 멀록 십여 명뿐이었다.

탈리스가 멀록들과 이야기하는 동안 아람은 타우렌 옆에 앉았다. 그 타우렌의 이름은 '양털수염'이었는데 외모와 딱 맞아떨어졌다. '양털수염'이라는 호칭이 진짜 이름일 리 없겠지만, 별명 치고는 수염이 무성한 그 타우렌과 잘 어울리는 이름이라고 농담하고 싶은 걸 아람은 가까스로 참았다. 그리고 곧 그런 농담을 하지 않아서 다행이라고 생각했다. '양털수염'은 오우거들이 조롱하려는 의미로 붙인 이름이었다. 아람은 진짜 이름을 물어봤지만 늙은 타우렌은 그저 고개를 저으며 조용히 대꾸했다.

"내가 죽을 때 불릴 이름은 '양털수염'이다. 그렇게 알고 있어라."

양털수염은 오래전에 오우거들의 노예로 살다가 다쳤는데 곧장 쫓겨나 이런 처지가 되었다고 했다. 아람이 이런저런 조각을 끼워 맞춰 추측했던 상황과 비슷했다. 의심했던 일이 진짜라는 사실을 확인하고 나자 불안감이 더 커졌다. 고르독은 노예들을 구덩이에 밀어 넣고 밤마다 격투장의 검투사들처럼 서로 싸우게 하며 즐긴다고 했다. 게다가 고르독 왕은 멀록들의 싸움에 싫증이 난 터라, 오늘 밤 처음으로 싸움에 나설 자는 양털수염, 쓱싹, 탈리스, 아람 중에서 뽑힐 가능성이 컸다. 아람이 양털수염에게 뻔한 질문을 던졌다.

"만약 싸우지 않겠다고 하면 어떻게 되나요?"

양털수염은 직접적인 설명은 피했지만 딱 잘라 대꾸했다.

"얘야, 넌 네가 하고 싶은 대로 하거라. 다만 내 상대가 된다면 넌 무사하지 못할 거다."

아람이 미소 지으며 어떻게든 분위기를 가볍게 바꾸려고 했다.

"절 잡으실 수 있겠어요?"

양털수염이 그런 걱정은 말라는 듯 손을 저었다.

"음, 그건 걱정 마라. 지금은 다리가 하나뿐이지만 놈들은 위쪽에 나무 의족을 만들어놓았다. 게다가 난 상당히 빠르다. 네가 나보다 훨씬 빠르다고 생각할 수도 있겠지. 멀록은 내가 잡기엔 너무 빠르고 너무 미끄럽다. 하지만 놈들은 지쳐도, 나는 지치지 않는다. 아니면 짜증이 난 고르독이 부하들더러 멀록을 나한테 던지라고 하겠지. 너도 마찬가지일 게다. 지친 너는 내 앞에 던져질 테고 난 너의 숨통을 끊어놓겠지."

그러고는 한마디를 덧붙였다.

"물론 개인적인 감정은 없다."

"아, 알아요."

늙은 타우렌은 아람을 오랫동안 응시하더니 눈살을 찌푸렸다.

"이해해라. 우린 끝난 목숨이니. 탈출하려고도 해봤다. 그랬더니 놈들이 내 다리를 잘랐지. 싸우지 않으려고도 해봤다. 죽기 직전까지 날 때리더구나. 그렇다면 남은 선택은 놈들이 명령하는 대로 따르고 빨리 끝나기를 바라는 것뿐이다."

양털수염은 입을 다물었다.

탈리스가 멀록 둘과 함께 다가왔다. 탈리스가 입을 열기 전에 아람은 두 멀록이 머키와 닮았다고 생각했다. 아니, 모든 멀록이 머키와 닮아 보였다.

"아람, 여기는 머르글리와 머르를이다. 머키의 숙부와 숙모지. 다른 멀록들은 머키의 마을 주민이다."

아람이 꿀꺽 침을 삼켰다. 조카인 머키가 죽은 게 거의 확실한데 그게 아람 자신의 잘못이 크다는 이야기를 어떻게 해야 할지 알 수 없었다.

탈리스가 아람의 번민을 눈치채고 본인이 대신 멀록의 언어로 그들에게 설명했다.

"머키가 다른 무리한테 잡혔고 도우려고 했지만, 그전에 우리가 이렇게 잡히고 말았다고 이야기했다."

숙부인지 숙모인지 구분할 수는 없었지만 둘 중 좀 더 큰 멀록이 말했다.

"아올올올옳 응크 아옳로롤. 아올옳리 오로롤 아옳롤로를 머키 아옳롤올 플륵."

아람은 귀를 기울이며 듣고 있던 탈리스를 쳐다봤다.

"음… 머르를 숙모가 너무 상심하지 말라고 말하는 것 같구나. 사실 둘 다 머키가 이미 죽었다고 생각하거든."

머르글리 숙부가 땅바닥을 긁으며 말했다.

"머키 응크 플루르를로크르. 아올옳옳올 머키 아올옳롤롤로 플륵."

"머키는 어부감이 아니었다고 하는구나. 이 둘은 머키가 지금쯤 굶어 죽었다고 생각하는 듯하다."

머르를 숙모가 아람의 어깨에 부드럽게 손을 올려놓았다.

"아올옳 아올로옳 머키."

"머키를 도와줘서 고맙다고 하는구나."

아람이 숙모의 눈을 보며 말했다.

"머키를 더 도울 수 없어서 슬프네요."

머르를 숙모가 다시 고개를 끄덕여 인사를 하고 난 뒤 침묵이 흘렀다. 아람은 이 집단의 누구하고도 싸우고 싶지 않았고, 특히 오우거의 여흥 따위를 위한 것이라면 절대로 그러고 싶지 않았다. 그러나 쓱싹과 양털수염은 동맹은 있을 수 없다는 점을 분명히 했다.

이런 상황을 바꾸려면 드루이드인 탈리스의 주머니에 있는 것보다 더 큰 마법이 필요했다.

그렇다면 아람의 주머니에 있는 마법은 어떨까?

아람은 스케치북과 연필을 꺼냈다.

그리고 간절한 마음으로, 아버지가 저 앞에 서서 자세를 취해주었으면 좋겠다고 생각했다. 아버지도, 그리고 마카사도. "그 빌어먹을 스케치북에 내 모습을 그리지 않는 게 좋을걸."이라며 으름장을 놓는 마카사의 말이 못 견디게 듣고 싶었다. 그러나 쏜 선장이나 마카사가 나타날 리 없었다. 아람은 그저 말없이 멀록들에게 스케치북의 그림을 보여주었다.

머르를 숙모는 머키를 그린 그림을 보고 목구멍을 울리는 소리를 내며 좋아했고, 머르글리 숙부는 걸걸한 소리와 함께 눈물을 삼켰다.

아람은 머키의 숙부와 숙모를 함께 그린 다음 다른 멀록들도 간략하게 스케치했다. 다 그리고 나니 남자 멀록과 여자 멀록, 늙은 멀록과 어린 멀록을 어려움 없이 구별할 수 있었다. 여자 멀록이 남자 멀록보다 조금 더 컸다. 어린 멀록은 눈이 더 크고 더 연한 초록색이며 나이가 들수록 색이 더 짙어졌다. 조금씩 멀록의 말도 들리기 시작했다. 아람은 '음음음음 아웇웇옥'이라는 소리를 들으며 자기가 제대로 하고 있다는 사실을 알았다.

멀록들의 그림을 모두 그린 후, 아람은 양털수염 옆에 앉아 껍질

깎이 거점에서 그렸던 타우렌의 그림을 보여주었다. 양털수염은 깊은 인상을 받은 듯했다. 스케치북을 넘기다 타우렌인 블러드혼 부인의 그림이 나오자 양털수염이 휘파람을 불고는 말했다.

"이분의 생김새가 마음에 드는군. 이분 이름이 뭐지?"

"블러드혼 부인이에요." 아람이 말했다.

"부인? 타우렌을 부인이라고 부른다는 소리는 들어본 적이 없는데."

"저희 아버지께서 그렇게 부르셨죠. 두 분은 예전에 무역 동업자였거든요."

"예전이라니?"

"아버지가 돌아가셨거든요."

양털수염이 우르릉거리며 애도를 표하고는 말했다.

"내 아내는 10년 전에 죽었지."

그러고는 블러드혼의 초상화를 톡톡 쳤다.

"이렇게 괜찮은 부인을 만나봤으면 정말 좋겠다."

"여기서 나간다면 두 분을 소개시켜드릴게요."

순간 양털수염은 자신이 어디에 있는지를 잊었다. 그러나 다시 아람을 내려다보고는 고개를 저었다.

"그런 일이 일어날 리 없다."

그러나 아까보다는 좀 더 친절해졌고 피할 수 없는 운명을 비장하게 기다리는 분위기도 좀 누그러졌다. 무엇보다도 무사하지 못할 거다, 숨통을 끊어놓겠다 같은 협박은 하지 않았다. 아람이 블러드혼 부인을 안다는 사실 덕분에 아람에 대한 늙은 타우렌의 생각이 조금은 바뀐 듯했다. 그럼에도 아람이 양털수염에게 그려도 괜찮겠냐고 허락을 구했을 때, 그는 고개를 저었다.

"그 공책에 이런 나를 담고 싶지는 않다."

"그럼 진짜 이름이 뭔가요? 그 이름의 주인공을 담아볼게요."

타우렌은 한참 동안 말이 없었다. 그러다가 무언가 중얼거렸는데 아주 낮은 소리여서 알아듣지 못했다. 아람은 끈질기게 기다렸다. 마침내 양털수염이 고개를 저으며 말했다.

"네가 싸우는 날 밤 살아남는다면, 내 진짜 이름을 기억해보겠다."

"그럼 그전에 그림을 그리는 건 허락해주시겠어요?"

"그렇다면 과거에 내가 어떤 모습이었는지 기억해내려 할 테니 그 기억을 담아라."

시간이 조금 흐른 후, 완성된 그림을 보며 양털수염은 인정한다는 뜻으로 고개를 끄덕이며 말했다.

"얘야, 난 몇 년 동안 이렇게 좋은 모습을 하지 못했다. 만일 이곳에서 나간다면, 이걸 블러드혼 부인께 보여드려라. 그러면 나한테 반하실 거다."

"당연하죠."

그림을 그리는 동안, 타우렌 양털수염의 마음속에서 탈출에 대한 희망이 생긴 듯해 아람은 기뻤다.

WoolBeard 양털수염

이 모든 상황을 지켜보고 있던 탈리스가 감탄하며 말했다.

"정말 타고났구나. 그대와 그대의 그림 말이다. 그림으로 누구에게나 다가갈 수 있구나. 그렇지 않으냐?"

"두고 보세요."

아람은 구덩이 한쪽의 틈새를 바라보며 그림을 그리기 시작했다. 이따금 쓱싹을 흘낏 쳐다보면 반짝이는 눈이 자신을 주시하고 있음을 알았다. 아람이 할 수 있는 일은 쓱싹의 모습을 기억하는 대로 그리는 것이었다. 가끔 페이지를 뒤로 넘겨 전에 그린 놀 전사의 모습으로 부족한 기억을 보충했다. 그리고 이번에도 천천히 시간을 들여 젊은 놀에게 쓸 마법을 엮어갔다.

그 마법이 또 한 번 효과가 있었다. 호기심이 든 쓱싹이 천천히 틈새 사이에서 기어 나와 모습을 드러냈다. 덕분에 대상을 직접 보면서 그림을 자세히 다듬을 수 있었다. 아람은 밝은 청색인 쓱싹의 왼쪽 눈 주위의 점과 그와는 대조적으로 어두운 갈색인 오른쪽 눈을 포함하여 털가죽 위의 검은 점까지 빼놓지 않고 그려 넣었다. 그리고 쓱싹이 쓴 쇠 투구와 입을 다물고 있을 때도 삐져나오는 앞니 한 개도 그려 넣었다.

쓱싹은 신중하게 가끔은 네 발로, 가끔은 일어서서 주위를 맴돌기 시작했다. 하지만 한 바퀴 돌 때마다 아람에게 점점 더 가까이 다가왔다.

마침내 아람은 쓱싹의 그림을 끝냈다. 연필을 내려놓고 손짓으로 쓱싹을 불렀다. 쓱싹은 처음에는 못 본 척하며 자리에 앉아서는 검둥이가 늘 하던 것처럼 발로 뒷목을 벅벅 긁었다. 그러다 동작을 멈추고 힐끗 뒤를 돌아보았다. 아람과 눈이 마주쳤다. 아람이 다시 손짓하며 쓱싹을 불렀다.

결국 못 이기는 척 쓱싹이 아람에게 다가왔다. 아람이 그림을 보여주자 쓱싹이 미소를 지었다. 아람은 스케치북을 뒤로 넘겨 작고 어린 놀 그림을 보여줬다. 오래전에 그렸던 그림이다. 쓱싹이 빠르게 숨을 들이쉬는 소리가 들렸다. 몇 장을 더 넘겼고, 쓱싹은 성난꼬리 부족의 그림을 붙잡고 놓지 못했다.

"한두 해가 지나면 넌 그 놀과 아주 비슷해질 거야."

쓱싹이 활짝 웃었다. 하지만 곧 표정이 어두워지면서 고개를 가로저었다.

"쓱싹은 형제 중 가장 약하다. 덩굴발 전사가 되기엔 너무 작아."

"덩치가 중요한 게 아니야. 누가 가장 사나운 전사인지가 중요하지."

쓱싹이 다시 미소 짓고는 등을 곧추세우며 말했다.

"쓱싹은 아주 사나워."

아람이 몇 장을 더 넘겼다.

"이건 깍깍이야. 성난꼬리 부족의 여족장이지."

어린 놀이 손가락으로 그림을 찔러보며 확인했다.

"깍깍이라고?"

Hackle 쓱쓱

ARAM

"그래."

"쓱싹은 쓱싹이야!"

"나도 알아."

어린 놀은 낄낄거리기 시작하더니 점점 소리가 커지면서 박장대소로 바뀌었고, 그 사이사이 계속해서 "쓱싹, 깍깍! 쓱싹, 깍깍! 쓱싹, 깍깍!"이라고 외쳤다. 우연히도 발음이 비슷한 탓에 쓱싹은 계속 웃을 수 있었다. 몇 분이 지난 후에야 간신히 진정하며 헉헉 숨을 몰아쉬었다. 그러고는 스케치북을 보며 미소 짓고, 또 아람을 보면서도 미소를 지었다.

"좋은 마법이야?" 아람이 속삭이듯 물었다.

"좋은 마법이야!" 쓱싹이 고개를 끄덕였다.

"그러면 이제 친구할 수 있겠네."

쓱싹은 무의식적으로 고개를 계속 끄덕였다. 그러나 이곳에서 있었던 일과 앞으로 일어날 일들에 대한 생각이 아람에게 느낀 따뜻한 기분을 밀어냈다. 쓱싹은 갑자기 뒷걸음질 쳤다.

"안 돼. 오우거는 싸움 원해. 오우거는 승리를 원해. 쓱싹은 전사야. 격투장에서 증명해. 언제나 증명해!"

쓱싹은 아람을 보며 으르렁거렸다.

"놈들이 틀렸다는 걸 보여주자."

아람은 쓱싹을 이해시키려고 애쓰며 말을 이었다.

"오우거가 쓱싹을 잡아서 노예처럼 가뒀어. 왜 쓱싹이 오우거가

시키는 대로 해야 해?"

아람의 말에 쓱싹이 격렬하게 고개를 저었다.

"오우거 아니야. 놀이야! 덩굴발 놀은 쓱싹 전사로 생각 안 해. 쓱
싹 쓸모없다고 했어. 쓱싹을 떠나게 했어! 오우거가 쓱싹 잡았어!
첫날밤에 격투장에서 쓱싹 죽는다고 생각했어! 하지만 쓱싹 오우
거에게 보여줬어. 놀에게 보여줬어! 모두 틀렸다는 걸 보여줬어!"

"쓱싹은 전사니까!"

"맞아!"

"그렇다고 친구든 적이든 상관없이 모두와 싸울 필요는 없어. 오
늘 밤 친구와 싸워야 할 필요는 없어, 쓱싹."

그때 반대편에서 구덩이 벽을 타고 밧줄 사다리가 내려왔다. 곧
이어 구덩이 위에서 워르독의 목소리가 들려왔다.

"모두 올라와라! 지금 당장 모두 올라와라!"

28장
마카사 플린트윌이 있는 곳에 길이 있나니

마카사는 조심스럽게 빽빽한 가시 뾰족쐐기 사이를 헤치며 나아갔다. 지긋지긋할 정도로 오래 걸리는 과정이었다. 그런데도 쌤통이라는 생각이 들어 미소가 절로 지어졌다. 오우거처럼 큰 생물에게는 초대형 말뚝으로 만든 빽빽한 가시덤불이 아무도 통과할 수 없는 것처럼 보이는 모양이었다. 물론 모양새는 의심할 여지없이 무시무시했다. 뾰족쐐기 하나하나가 무엇이든 꿰뚫을 만큼 아주 날카로웠다. 그러나 마카사가 자세히 들여다보니 오우거만큼 덩치가 크지 않다면 충분히 지나다닐 만한 여유가 있었다.

그 사이를 지나가는 마카사의 움직임은 복잡한 춤을 추는 듯했다. 마카사는 말뚝 하나하나를 지나며 미끄러지듯 주위를 빙글 돌고 아래로 몸을 숙이며 두 말뚝 사이를 빠져나오거나 지그재그로 움직이면서 전진했다. 도중에 등에서 방패를 풀러 앞으로 들었다. 몸을 더 유연하게 움직이기도 좋고, 때때로 앞에 있는 말뚝을 밀어 젖히기도 좋았다. 정 피할 수 없는 말뚝이 있을 때엔 뾰족쐐기를 잘라낼 생각으로 손도끼도 쓰기 좋은 곳에 찼다. 그러나 대부분은 말뚝 사이를 날렵하게 지나갔다. 마카사는 근육을 쓰는 데 뛰어났고 시력도 좋았으며 어둠 속에서도 실수가 적었다. 그러나 뾰족한 가시 끝에 옷이 걸려 찢어지거나 가슴에 두른 쇠사슬이 뾰족쐐기에 걸려 휙 당겨지기도 했고, 다리와 검 사이로 가시가 들어와 흰날검을 떨어뜨릴 뻔하기도 했던 터라 마카사는 신중히 움직이며 빠져나와야 했다.

물론 다치기도 했다. 오른쪽 뺨, 오른쪽 허벅지, 양쪽 무릎, 양팔 모두 상처투성이였다. 상처는 깊지 않았지만 쓰라렸고 핏자국이 남았다. 마카사는 아람처럼 체구가 작고 말랐으면 좋겠다는 생각도 들었지만 그런 순간은 빠르게 지나갔다. 자신의 체구와 근력은 앞으로 닥칠 일들에 대비하기 위해 없어선 안 될 요소였으니까.

가장 넓은 산마루 쪽은 초소, 관문, 감시병이 있어서 피했다. 덕분에 산마루 아래의 가파른 경사면에서는 훨씬 더 어려운 말뚝 춤을 추어야 했다. 이토록 조심스럽게 움직이느라 하루가 거의 다 지나가긴 했지만, 해질 무렵에는 산꼭대기에 도착했고 마카사는 이 '가시'들을 통과하여 혈투의 전장 계곡으로 차근차근 내려갔다.

밤이 되었을 때, 마카사는 마지막 뾰족쐐기 덤불의 끝자락에 도착해 눈앞의 폐허를 자세히 살폈다. 마카사는 큰일을 해낸 듯한 기분을 느끼다가 잠시 주의력이 흐트러지는 바람에 기다랗고 가는 뾰족쐐기에 이마를 긁혔다. 이마에는 길게 베인 상처가 났다. 다른 상처와 마찬가지로 깊진 않았지만, 양쪽 눈으로 피가 조금씩 흘러내렸다. 몇 번 눈을 깜빡이면서 조심스레 팔을 들어 피를 닦아내려고 했다. 순간 짜증이 제대로 난 마카사는 방패를 들어 거슬리는 가시를 후려쳤다. 가시는 줄기 부분에서 뚝 끊어져 마카사의 발 옆에 떨어졌다. 달빛 아래에서 떨어진 가시를 한참 들여다보고 있던 도중 문득 기발한 생각이 떠올랐다.

마카사는 그늘을 벗어나지 않은 채 덤불에서 나와 길고 가는 가시 말뚝을 주워들고서는 창처럼, 아니 작살처럼 들고 돌아왔다. 새로운 무기를 얻은 마카사는 방패를 다시 등에 묶고 남은 손으로 휜 날검을 뽑아 든 다음, 소리 없이 그늘에서 그늘로 움직이며 오우거 부락의 심장부로 들어갔다.

처음엔 거의 모든 구조물이 비어 있는 것을 보고 당황했다. 오두막 하나를 엿보았는데 최근까지 누군가 살았던 흔적이 있었다. 그렇지만 오두막 안에서도, 시야 어디에서도 오우거는 보이지 않았다.

고마운 구름이 아제로스의 두 개의 달 중에서 더 큰 쪽인 '하얀 아가씨'를 가려주었다. 두 번째 달인 '푸른 아이'는 그저 하늘색 조각 같았지만 마카사가 위험에 빠지지 않을 정도로 적당하게 빛을 비추며 도움을 주었다.

그런데 앞쪽에서 불빛이 보였다. 횃불 여러 개가 진짜 가시로 이루어진 대형 전당 근처에 모여들고 있었다. 마카사는 전당이 포로들을 전시해놓는 일종의 감옥이라고 생각했다. 나름 타당한 가설이었다. 마카사는 곧장 그리로 가는 대신 조용하고 은밀하게 가다 서다를 반복하며 전당을 향해 폐허를 통과하면서 나아갔다.

　그러나 횃불과 오우거는 전당에 모여든 것이 아니었다. 그들이 향하는 곳이 어딘지 알고 나자 마카사의 마음이 죄어들었다. 커다란 원형 경기장이 격투장으로 쓰이고 있었다. 그림자들로부터 먼저 소리가 들려왔고 이어서 등판 넓은 오우거가 시야에 들어왔다. 넓은 등 오우거는 의식의 담당자처럼 행동하며 군중 앞에서 공연했지만, 대부분은 부족의 왕에게 보이기 위한 몸짓이었다. 거대한 돌의자에 앉은 자는 마카사가 본 중에 가장 큰 오우거였다. 시종인 오우거 소녀가 아주 작았기에 더 크게 보였는데, 오우거 왕은 자신의 힘을 과시하려는 듯 주기적으로 소녀를 철썩철썩 때렸다.

　하지만 마카사가 그 자리에 멈춰선 이유는 왕 때문이 아니었다. 아람이 보였기 때문이었다. 나이트 엘프 탈리스, 불구가 된 타우렌, 어린 놀, 멀록 열둘 정도가 함께 끌려 나와 임시 우리, 즉 노예 우리에 갇혔다. 노예 우리는 원형 경기장에 있는 모든 오우거가 볼 수 있는 자리에 있었다. 마카사는 어떤 오우거든 저 구역질 나게 생긴 오우거 왕만큼 크더라도 당장에 해치워버릴 자신이 있었다. 그러나 오우거 백 명을 동시에 상대할 수는 없었다. 마카사는 지켜보며 때를 기다려야 했다.

오우거 하나가 두꺼운 나무 의족을 건네자 양털수염은 조심스럽게 무릎 둥치에 의족을 묶고 비틀거리며 빠르게 울타리 주위를 돌아보았다.

그동안 워르독은 큰 소리로 모인 관중들에게 소리쳤다.

"오늘 밤 재미있는 경기다! 해골 파쇄자 늙은 타우렌이 큰 곰으로 변하는 엘프와 싸운다!"

아람은 탈리스가 고개를 절레절레 젓고는 껄껄거리는 모습을 보았다. 어째서인지 탈리스는 이 상황이 재미있는 모양이었다. 적어도 몇 가지 세부적인 부분에서는 그런 듯했다. 껄껄거리던 탈리스가 몸을 앞으로 기울이고는 아람에게 속삭였다.

"내가 곰 대신 깃털 달린 달빛야수로 변하면 워르독에게 무슨 일이 일어날 것 같으냐?"

아람은 어깨를 으쓱했지만, 아무리 머리를 굴려봐도 왜 자기나 탈리스의 목숨이 훨씬 위태로운 상황에서 워르독의 신변까지 신경 써야 하는지 알 수 없었다. 그 와중에 '달빛야수'를 본 적이 없는 아람은 그게 어떤 모습인지 무척 궁금하기도 했다. 그때였다. 워르독이 아람의 흰날검을 높이 들며 외쳤다.

"하지만 그전에, 케르스쿨을 죽인 인간 꼬마가 새끼 놀과 싸우는 거 본다!"

몇 미터 떨어진 곳에서 쓱싹이 으르렁거리기 시작했다. 쓱싹은 "쓱싹 새끼 놀 아니다….."라며 투덜거리더니 곧 살기등등한 눈빛으로 아람을 노려보았다.

아람은 침을 꿀꺽 삼키고 크게 심호흡을 했다. 사방을 둘러보며 마카사를 찾았지만 보이지 않았다. 가까운 곳 어딘가에 숨어 있는지도 몰랐지만, 설사 이곳에 있더라도 마카사가 뭘 할 수 있을지 알 수 없었다.

우리가 열리고 쓱싹이 성큼성큼 걸어 나왔다. 처음에 아람은 움직이지 않았지만, 교도관 오우거가 긴 창으로 아직도 욱신거리는 등을 찔러대는 통에 격투장 안으로 들어갈 수밖에 없었다.

오우거 관중들은 인간 소년을 자세히 보고는 무시하는 뜻으로 콧방귀를 뀌었다. 대부분 알아듣지 못했지만, "그 벼룩만 한 놈이 케르스쿨 죽였다?"와 "케르스쿨 쓸모없다!"와 아람, 케르스쿨, 혹은 둘 다를 조롱하는 몇 마디가 들렸다.

워르독이 다가와 아람에게 피가 묻어 있는 흰날검을 건넸다. 짧은 순간 아람은 이 오우거를 찌르고 혼란이 일어난 틈을 타 도망치는 상상을 했다. 하지만 그런 일이 가능할 리 없었다.

다른 오우거가 쓱싹에게 쇠못이 서너 개 박힌 전투 곤봉을 건넸다. 아람은 문득 놀 부족에게 전투 곤봉에 박아 넣을 쇠못과 쇳조각을 거래하던 아버지가 떠올랐다. 자기 아들을 해치려 하는 저 무기를 아버지가 공급한 건 아닌지 궁금했다. 그러나 아람은 곧바로 잡

생각을 떨쳐버렸다.

아무런 의식 없이, 워르독과 다른 교도관 오우거들이 서둘러 경기장 밖으로 나갔다. 격투장이 조용해졌다.

원형 경기장과 구덩이 사이의 풀밭 위, 고대 거석 뒤에 몸을 숨기고 어둠 속에서 지켜보던 마카사는 뛰어들지 말지를 고심했다. 목숨을 바쳐서라도 뛰어들 준비는 되어 있었다. 그러나 기다리는 쪽을 택했다. 만약 아람이 이 싸움에서 살아남는다면 놈들이 아람을 어디에 가둬두든 오우거들이 잠든 뒤에 구해낼 수 있으리라는 생각이 들었다. 어쩌면 아람이 살아남는 것도 완전히 불가능한 일은 아닌 듯했다.

멀록들은 아마 머키네 마을 주민이겠지. 그리고 몇 주 동안 격투장에서 살아남은 이들일 테고. 멀록들이 그렇게 오래 살아남을 수 있었다면, 아람도 하룻밤 정도는 살아남을 수 있지 않을까? 아람은 악당들에게 공격받은 파도타기호에서도 살아남았으니까. 게다가 아람이 상대할 놀은 보잘것없는 녀석이었다.

그러나 마카사는 자신이 그동안 봐왔던 아람의 모습과는 전혀 다른 모습을 기대하고 있다는 사실과 실현 가능성이 극히 낮은 결과를 바라고 있음을 깨달았다. 그래서 기다렸다. 언제든 뛰어들 준비를 한 채로 어떻게 해서든 동생을 구해내겠다고 다짐하며.

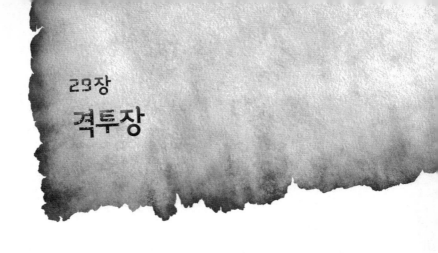

29장
격투장

어린 두 검투사는 서로를 마주했다. 아람은 솔직히 겁이 났다. 다리는 후들거렸고 입을 앙다물지 않으면 이가 덜덜 떨릴 정도였다. 쓱싹을 죽이고 싶지도 않았고, 죽고 싶지도 않았다. 진심으로. 파도타기호 선상에서 아버지가 몇 달 동안 검술을 가르쳐주긴 했지만 최근 겪은 여러 사건들을 돌아보면, 목숨을 걸고 싸우는 상황에서 아람의 실력이 변변치 않다는 사실은 이미 잘 드러난 바였다. 아람은 검을 옆으로 하고 가까스로 입을 벌려 침을 꿀꺽 삼키고는 속삭였다.

"쓱싹, 너하고 싸우고 싶지 않아."

"아람 쓱싹과 싸우거나 쓱싹이 아람 죽인다."

쓱싹이 슬픈 표정을 하고 조용히 말했다. 그런 다음 고개를 저으며 말을 고쳤다.

"어쨌든 쓱싹은 아람 죽인다. 그러나 아람은 싸우다 죽는 게 좋다."

"하지만 우리 둘 다 싸움을 거부하면….."

그 말에 쓱싹이 소리쳤다.

"쓱싹은 절대로 싸움 거부하지 않는다!"

그리고 마침내 왕좌에서 고르독이 버럭 소리쳤다.

"당장 싸워라!"

쓱싹이 곤봉을 휘두르며 아람에게 거칠게 달려들었다. 곧바로 관중 전체가 환호하며 함성을 터뜨렸다. 정확한 공격이 아니었기에 아람은 몸을 숙인 채 옆으로 구르며 피했다. 다른 무기가 있었으면 했다. 쓱싹을 죽이지 않고 기절시킬 수 있는 무기였으면 싶었다. 하지만 쓱싹이 다시 전투 곤봉을 휘둘렀고 곤봉에 박힌 쇠못에 셔츠가 찢어지면서 아랫배를 베일 뻔하자 그런 생각은 곧바로 달아나버렸다.

아람은 뛰어오르며 뒤로 피했다. 왜소한 쓱싹이 곤봉을 힘차게 휘두르며, 아니 지나칠 만큼 힘차게 휘두르며 다가왔다. 하지만 아람과의 거리는 그다지 가까워지지 않았다. 아람은 쓱싹의 눈에서 애원하는 눈빛을 본 것 같았다. 저 어린 놈은 진심으로 아람을 다치게 할 생각이 없다는 것을 알았다. 아람은 쓱싹에게 싸우지 않을 구실을 만들어줘야 했다.

쓱싹은 계속 곤봉을 길게 쓸어내리듯 휘두르며 아람을 뒤로 물러나게 했지만 실제로 다치게 할 만큼 가까이 다가오지 않았다. 이런 가짜 싸움에 흥분한 오우거들은 쓱싹이 곤봉을 휘두를 때마다 환호를 보냈다. 그러나 곤봉을 휘두르기만 할 뿐 아무런 타격도 주지 않고 피도 없고 비명도 없자 관중들은 둘 모두에게 야유를 보내며 조롱했다. 아람은 아무런 반응도 보이지 않았지만, 쓱싹은 그런 모욕 하나하나가 실제로 두들겨 맞는 것처럼 고통스러운 듯 보였다. 오우거들은 어떻게 알았는지 이런 상황을 감지하고는 쓱싹에게 등을 돌렸다. 무엇보다도 최악인 것은 쓱싹이 아무 효과도 없이 힘차게 곤봉을 돌리는 모습에 오우거들이 웃기 시작한 것이었다.

더는 모욕을 참을 수 없었던 쓱싹은 진지하게 싸움에 임하기 시작했다. 좀 더 빠르게 다가오면서 목적에 따라 곤봉을 더 짧게, 더 빠르게 휘둘렀다.

아람은 흰날검으로 곤봉을 막아 방향을 돌려야 했다. 그리고 그 충격은 어깨 관절까지 전해졌다. 쓱싹이 내리치는 힘으로 흰날검이 산산조각 날까봐 다시 막기가 꺼려졌다. 또다시 다른 무기가 있었으면 했다. 이번엔 진짜 싸움을 피하기 위해서가 아니라 이 검이 자신의 검, 즉 파도타기호에 오른 첫날 아버지가 건네준 검이 아니기 때문이었다. 그 흰날검은 속삭이는 남자 발드레드의 가슴에 박혔다. 지금 들고 있는 흰날검은 죽은 해적의 손에서 빼낸 것이었고 미신이겠지만, 자신을 섬기지 않으리라는 생각이 들었다.

마카사는 숨어서 이 모든 광경을 지켜보며 그레이딘 쏜 선장의 그 모든 가르침이 전부 헛된 것이었다고 생각했다. 아람은 심지어 검을 써보려고 하지도 않았다. 놀이 전투 곤봉을 휘두를 때마다 아람이 치명타를 맞을 것만 같은데 아람은 그저 피하기만 하고 있었다.

탈리스는 임시 우리 안에서 이 상황을 유심히 지켜보고 있었다. 마카사는 자기가 뛰어들 필요 없이 저 드루이드가 뛰어들기를 바랐다. 그런데 갑자기 탈리스가 미소를 지었다. 대체 뭘 봤기에?

마카사가 다시 아람에게로 시선을 돌렸다. 아람이 달리고 있었다. 전속력으로 놀에게서 도망치고 있었다.

*　　*　　*

관중들은 쓱싹의 공격이 강해지자 조용해졌다가 다시 웃기 시작했다. 뒤늦게 쓱싹이 쫓아가기 시작했다. 아람은 격투장 전체를 뛰어다녔는데 뒤를 쫓아 달리는 쓱싹은 한 걸음 내디딜 때마다 모멸감과 함께 분노도 커졌다.

아람은 쓱싹에게서 도망치려는 게 아니었다. 전략이든 계획이든 아니면 다른 무엇이든 괜찮은 생각을 짜내고자 시간을 버는 중이었다. 그리고 격투장을 도는 동안 엉뚱한 생각이 떠올랐다. 대단한 생각은 아니었지만 그게 지금 떠오르는 생각의 전부였기에 곧바로 실행에 옮기기로 했다.

아람은 휘청거리며 땅 위를 굴렀다. 그런 아람을 지나치지 않으려고 쓱싹이 우뚝 멈춰 섰다. 아람이 올려다봤다. 시선이 마주쳤다. 다시 한 번, 쓱싹은 슬픈 표정을 지었다. 그러나 전투 곤봉을 머리 위로 치켜들고는 아람의 머리를 내려치려고 했다.

곤봉이 내려오기 직전, 방수포로 싼 스케치북을 뒷주머니에서 꺼내두었던 아람이 마치 부적처럼 스케치북을 앞으로 휙 내밀며 외쳤다.

"내 마법을 보아라!"

쓱싹이 멈칫하며 내려치던 곤봉을 멈춰 세웠다. 관중들이 헉하고 입을 벌린 채 놀라워했다. 아람이 재빨리 일어섰다. 그러고는 방수포를 벗겨 쓱싹의 눈앞에 스케치북을 들이밀었다.

혼란스러워진 고르독이 왕좌에 앉은 채로 워르독에게 외쳤다.

"소년 마법책 갖고 있나?"

이 모든 상황을 지켜보며 역시나 혼란스러워진 워르독이 어깨를 으쓱하고는 되받아쳤다.

"케르스쿨 그래서 죽었다! 재밌다. 맞나?"

고르독이 곰곰이 생각하더니 현명한 척 고개를 끄덕였다. 다른 오우거 관중들도 이 모든 광경이 인상적이었는지 입을 다문 채 상황이 어떻게 될지 몹시 궁금해했다.

아람은 쓱싹의 눈에 시선을 고정했다. 관중에게 볼거리를 주면서 동시에 쓱싹에게 외쳤다.

"이게 좋은 마법인 거 알잖아, 안 그래?"

지금 자신의 말이 쓱싹에게 의미하는 바와 관중에게 의미하는 바가 완전히 다르다는 사실을 아람은 알았다.

한마디 한마디가 따귀를 때리듯 쓱싹을 내리쳤다. 낮게 으르렁거리는 소리가 목에서 울려 나왔다. 쓱싹이 다가왔다.

아람은 이 순간을 기다렸다. 마지막으로 그렸던 페이지, 즉 쓱싹의 모습이 그려져 있는 페이지를 펼쳤다. 관중들에게 등을 돌린 채로 아람은 쓱싹에게, 오직 쓱싹에게만 그림을 보여줬다.

"한 발자국만 더 다가오면 이 그림을 찢어버릴 거야. 그건 나쁜 마법이지. 장담하는데, 쓱싹 넌 나쁜 마법을 원하지 않을 거야, 그렇지? 좋은 마법을 원하잖아."

쓱싹이 말없이 고개를 끄덕였다. 아람이 몇 발자국 다가섰다. 쓱싹이 그만큼 뒤로 물러났다.

그러자 아람이 큰 소리로 외쳤다.

"그렇다면 그 전투 곤봉을 내려놔라! 너와 나는 적이 될 운명이 아니니까!"

쓱싹이 치켜들고 있던 곤봉이 천천히 내려갔다.

마카사는 자신의 눈과 귀를 의심했다. 저게 효과가 있다니! 아람이 '마법책'으로 놀에게 마법을 부렸다며 오우거들이 웅성거리는 소리가 들렸다.

어느 정도는 사실이기도 했다.

살면서 이제껏 했던 행동 중 가장 위험한 행동을 무릅쓰며, 아람은 흰날검을 경기장 저편으로 던진 다음 다시 한 번 외쳤다.

"그 곤봉을 버려라! 곤봉으로 좋은 마법을 상대해서는 안 된다!"

쓱싹이 웃을 듯 말 듯하며 아람의 명령대로 했다. 아람이 던진 흰날검 근처에 전투 곤봉이 쿵 떨어졌다.

오우거들은 모두 쥐 죽은 듯이 조용해졌다. 고르독은 여전히 혼란스럽긴 했지만, 두려워하지는 않았다. 왕은 오우거들을 둘러보았다. 아람과 그 마법책을 보았다. 그리고 이 모든 '재미'에 멍청하게 웃고 있는 워르독을 보았다. 고르독이 무시무시한 힘으로 주먹을 내리치자 앉아 있던 왕좌의 돌 팔걸이가 산산조각 났다.

"마법 써라! 마법책으로 놀 죽여라!" 고르독이 명령했다.

아람은 움찔하지 않으려 했지만 순간 쓱싹에게서 눈길을 돌렸고 그래서 '주문'이 깨졌다.

"마법책으로 놀 죽여라!" 고르독이 다시 외쳤다.

쓱싹이 경멸하는 눈빛으로 오우거 왕을 보며 되받아 외쳤다.

"그런 마법 아니다! 그런 책 아니다!"

Gordok and Ogre Girl

고르독과 오우거 소녀

"뭐라고? 뭐라고!" 고르독이 벌떡 일어나며 고함쳤다.

고르독이 다시 노려보자 워르독은 소심하게 어깨만 으쓱할 뿐이었다. 으르렁거리던 고르독은 도로 자리에 앉아 돌 팔걸이 스무 개는 부술 만한 힘으로 오른쪽 주먹을 왼쪽 손바닥에 내리쳤다. 그러고는 쓱싹에게 외쳤다.

"그러면 인간 소년 죽여라!"

아람이 쓱싹을 바라보았다. 쓱싹도 아람을 바라보았다. 눈 깜짝할 새도 없이 둘 다 무기를 향해 필사적으로 달려갔다.

쓱싹이 더 빨랐지만, 곤봉을 지나치지 않도록 속도를 줄였다. 아람은 느리진 않았지만, 검을 집으러 가지 않았다. 대신 가속도를 이용해 펄쩍 뛰어올라 쓱싹을 와락 덮치고는 엎치락뒤치락하며 곤봉과 흰날검 너머로 굴러갔다. 등에 난 상처가 욱신거리자 쓱싹이 날 때부터 지닌 무기 즉, 발톱을 상대하기엔 자기가 불리하다는 사실이 떠올랐다. 그래서 쓱싹이 이빨이나 발톱으로 공격하기 전에 다리를 들어 있는 힘껏 쓱싹을 뻥 차버렸다.

어안이 벙벙해졌던 관중들이 다시 정신을 차리고 아람의 행동에 환호를 보냈다. 그 환호성에 쓱싹은 잠시 집중력이 흐트러졌으나 아람은 아니었다. 아람은 벌떡 일어나 흰날검을 집어 들고는 곤봉을 멀리 차버렸다. 그리고 쓱싹이 일어나기 전에 검 끝을 쓱싹의 목에 대고 눌렀다.

마카사는 아람의 생각이 눈에 보이는 듯했다. '내가 이 일을 할 수 있을까? 내가 이 가여운 생명의 목숨을 앗아버릴 수 있을까?' 하는 생각이.

죽여. 마카사는 온 마음으로 재촉했다. 그러나 마음속 깊은 곳에서는 절망스럽게도 그런 건 동생의 방식이 아니라는 것을 너무나 잘 알고 있었다.

*   *   *

관중들이 다시 조용해졌다. 모두들 만족스러운 표정이었다. 변칙적이긴 해도 재미있는 볼거리였다.

고르독은 그보다는 덜 재미있는 모양이었다. 사실 완전히 넌더리가 난 듯했다. 고개를 젓더니 무시하는 손짓을 하며 말했다.

"좋다. 인간 소년, 놀 죽여라."

"싫어."

갑자기 고르독이 벌떡 일어나 괴성을 내질렀다.

"싫다고? 싫다고!"

아람은 자신이 지켜낸 것이 있다는 생각에 의기양양하게 웃으며 말했다.

"이 놀은 내 적이 아니다. 그러니 해치지 않겠다."

물론, 만약을 대비해 쓱싹의 목에 검을 계속 겨누고 있었다.

쓱싹이 큰 소리로 신음하자 관중 모두가 경멸하며 고함을 쳤다. 쓱싹이 애원하는 눈길로 아람을 올려다봤다.

"부탁이다. 쓱싹 죽여라. 쓱싹 부끄러움 끝내라."

자포자기한 쓱싹이 애걸하며 으르렁거렸지만, 아람은 계속 자신의 마법을 발휘했다.

"절대 안 해. 너는 용감하고 명예로운 내 친구야. 나는 너처럼 전력을 다한 덩굴발 놀을, 너처럼 자기 실력을 증명한 덩굴발 놀을 해칠 수 없어. 죽이지 않아! 나는 너처럼 진정한 전사의 정신이 있는 덩굴발 놀을 죽이지 않겠어!"

쓱싹이 다시 으르렁거렸지만, 이번엔 자부심에서 나오는 으르렁거림이었다. 둘의 시선이 마주쳤다. 둘 사이에 진짜로 마법이 흘렀다.

그 영향을 받은 건 둘뿐만이 아니었다. 우리 안에서 탈리스는 깊은 감명을 받고 미소를 지었다. 양털수염을 보자면… 아람의 말이 늙고 다리를 잃은 타우렌의 마음 깊숙한 곳에 있던 무언가를, 오래전에 잃어버렸던 무언가를 건드렸다. 양털수염은 울타리 위로 풀썩 쓰러졌다가 다시 몸을 곤추세우며 일어났다.

멀리 마카사를 보자면… 고개를 저었다. 아람은 그저 믿을 수 없는 존재였다. 그중에서도 가장 믿을 수 없는 것은 아람에게서 그레이던 쏜 선장의 모습이 오롯이 보인다는 것이었다. 마카사는 미소 짓지 않았다. 아람은 아직 위험에서 벗어나지 못했다. 하지만 이번 만은 미소 짓지 않기 위해 무진장 애를 써야 했다.

쓱싹이 단념하며 속삭였다.
"아람은 쓱싹 죽여야 한다. 안 그러면 둘 다 많이 안 좋아진다."
아람은 눈살을 찌푸린 채 살짝 고개를 저으며 속삭였다.
"좋은 마법을 잊지 마. 오늘 밤 행운은 우리 편이야…."
아람은 말꼬리를 흐리며 쓱싹과 몸싸움을 할 때 스케치북이 떨어졌다는 사실을 기억해냈다. 주변을 둘러보자 3미터 정도 거리에 스케치북이 떨어져 있었다. 한시라도 빨리 뒷주머니에 넣고 싶은 마음에 초조해졌다. 검 끝은 쓱싹의 목으로부터 조금 떨어진 채 좌우로 움직이고 있었다.

상대에게 덤벼들 기회가 보였지만, 쓱싹은 이미 이 인간 소년을 해쳐야겠다는 생각을 포기했다. 대신 다시 한 번 "그렇다면 둘 다 많이 안 좋아진다."라고 중얼거렸다.

아람은 쓱싹에게로 시선을 돌리고는 고개를 저었다.
이렇게 짧은 대화가 오고 가는 동안 고르독은 분통을 터뜨렸다. 그러다 얼굴에 슬금슬금 미소가 피어올랐다. 고르독은 도로 자리에 앉아 나지막이 물었다.

"소년 놀 안 죽인다?"

"안 죽여."

고르독의 태도 변화가 거슬렸지만, 아람은 같은 대답을 반복했다. 갑자기 오우거 왕은 이런 상황을 이상할 정도로 즐기는 것처럼 보였다.

고르독은 미소를 지은 채 경고를 보냈다.

"노예 안 죽이는 노예는 늙은 외눈박이 상대해야 한다."

오우거들의 입에서 그 어느 순간보다도 격렬한 환호성이 터져 나왔다.

아람이 용기를 내어 모두가 듣도록 저항의 말을 외쳤다.

"좋아! 늙은 외눈박이를 내보내!"

그러고는 아래를 내려다보며 쏙싹에게 조그맣게 물었다.

"근데 늙은 외눈박이가 누구야?"

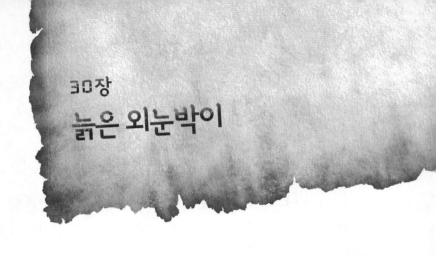

30장
늙은 외눈박이

고르독의 얼굴 전체로 웃음이 번졌다.

"늙은 외눈박이 불러라."

기쁨을 감추지 못하고 고르독이 말했다.

넓은 등 근처에 있던 배불뚝이 오우거 하나가 거대한 양뿔을 입술에 대더니 아람이 상상조차 못할 정도로 뺨을 크게 부풀리고는 뿔피리를 불었다. 뿔피리 소리가 혈투의 전장 계곡 전체와 그 너머까지 울려 퍼졌다.

동시에 우레와 같은 포효가 뿔피리 소리에 응답했다. 아람 생각에는 호숫골이나 껍질깎이 거점에서도 들릴 것 같았다.

그 뒤로 고요함이 밀려오고, 칼을 쥔 아람의 팔이 늘어지면서 쓱싹의 목에서 완전히 멀어졌다. 쓱싹은 미동도 하지 않았다. 그저 애달프게 신음할 뿐이었다.

아람이 쓱싹을 힐끗 보니 공격은 고사하고 일어날 생각조차 없는 듯 보였다. 아람은 경기장을 가로질러 스케치북을 가져왔다. 다시 잘 싸서 뒷주머니에 넣는 순간 뒤에서 날갯짓 소리가 들렸다. 고개를 돌리자마자 벌어진 입을 다물 수 없었다. 아제로스의 평범한 새가 아니었다. 아람은 겁에 질린 채 그 자리에서 굳어버렸다.

임시 우리 안에서 탈리스가 큰 소리로 경고했다.

"와이번이다!"

그 짐승은 늑대의 얼굴, 사자의 갈기, 전갈의 꼬리에 거대한 박쥐 날개를 가졌다. 와이번은 아람을 향해 빠르게 접근하고 있었다. 날개를 한 차례 퍼덕이더니 좀 더 높이 올라가서는 날개를 접고 격투장을 향해 곧장 급강하했다.

아람은 힐끗 쓱싹을 돌아봤다. 쓱싹은 바닥에 엎드린 채로 모든 것을 다 내려놓고 죽음을 기다렸다. 아람이 달려가 쓱싹을 일으켜 세워 옆으로 확 당겼는데, 그와 동시에 와이번의 발톱이 쓱싹이 누워 있던 바로 그 자리에 내려와 박혔다.

관중들이 함성을 질렀다. 이제 어느 쪽을 응원하는지는 뻔했다. 오우거들은 와이번에게 계속 환호하면서 "놀 뭉개라!", "인간 소년 먹어라!" 같은 말을 외쳐댔다.

아람은 작은 공처럼 몸을 웅크리지 않으려고 애를 썼다. 와이번을 본 적은 없었지만, 무시무시하게 크다는 이야기는 들었다. 이놈은 상상했던 것보다 세 배는 더 컸다. 길고 여러 줄이 파여 있는 꼬리에는 독주머니 두 개가 달린 독침이 위쪽으로 휘어진 채 달려 있었고, 놈은 그 독침으로 공격해오려 했다. 마치 최면을 거는 것처럼 꼬리가 앞뒤로 흔들렸다. 아람은 눈을 뗄 수 없었다. 그리고 생각했다. 이제 죽겠구나….

그러나 간신히 검을 쥔 팔을 들어 올리고 다른 팔은 쓱싹의 어깨에 둘러 몸을 받쳤다. 패배감에 빠진 쓱싹은 머리를 아래로 떨군 채 중얼거렸다.

"쓱싹 아람에게 말했다. 쓱싹 죽이는 게 좋다고…."

이 말 때문에 아람은 멍한 상태에서 깨어났다.

"정신 차려! 쓱싹은 절대로 싸움을 거부하지 않는다!"

쓱싹의 눈이 아람의 눈과 마주쳤다. 쓱싹이 씩 웃었다. 또 한 번 웃었다. 그러고는 온 힘을 다해 아람을 떠밀었고 그 바람에 아람은 경기장 안쪽으로 날아가 떨어졌다. 덕분에 독침 공격을 피할 수 있었다.

아람은 땅바닥을 구르는 중에도 어떻게든 흰날검을 쥐고 있으려고 했다. 한쪽 무릎으로 일어나면서 와이번이 왼쪽으로 고개를 돌려 자신을 찾는 모습을 보았다. 그 몸짓이 어딘가 낯익었다. 호숫골의 대장간 근처에서 살금살금 다니던 수고양이가 떠오르는 몸짓이었다. 아람은 그 고양이를 그렸었다. 맞아! 늙은 외눈박이! 와이번의 왼쪽 눈구멍은 비어 있었다!

와이번이 천천히 거대한 몸을 돌려 먹잇감을 주시했다. 아람은 일어섰다. 눈으로는 쓱싹을 찾았다. 여전히 입가에 미소를 머금은 채로 전투 곤봉을 집어 들고 있었다.

"이 와이번은 외눈박이야!" 아람이 소리쳤다.

"쓱싹도 안다!"

"아니, 들어봐. 저 수컷은 눈이 하나밖에 없다니까!"

"저 외눈박이 와이번은 암컷이다!"

우리 안에서 탈리스가 외치자 아람이 탈리스를 째려보며 소리 쳤다.

"진심이세요? 이 상황에 성별이나 따지다니!"

"암컷더러 수컷이라고 하고 싶으냐?" 탈리스가 어깨를 으쓱했다.

"알았어요! 암컷이에요! 저 암컷은 눈이 하나만 있어요!"

쓱싹은 무슨 말인지 이해했다. 저 거대한 짐승은 약점이 있었다. 그리고 쓱싹과 아람은 그 약점을 이용할 생각이었다. 둘이 함께.

그때 그 일이 일어났다. 마카사는 거석 뒤에서 여전히 뛰어들 태 세로 지켜보고 있었다. 마카사는 쉽게 감명을 받는 편이 아니었는 데도 방금 목격한 상황에 굉장히 깊은 인상을 받았다. 한마디 말도 없이 소년과 새끼 놀은 한편이 되었고, 동료가 되었다.

외눈박이 와이번이 아람에게 달려들었지만, 쓱싹이 꼬리를 붙잡 자 곧바로 멈춰 섰다.

관중들이 또 한 번 헉하고 숨을 몰아쉬었다.

와이번이 성한 오른쪽 눈으로 놀을 주시하더니 꼬리를 높이 들어 올렸고, 곧이어 매달린 놀을 땅으로 세차게 내리쳤다. 와이번이 멍해진 쓱싹을 독침으로 찌르기 직전, 아람이 와이번에게 달려들어 휜날검으로 어깨를 베었다.

와이번은 고통으로 포효했고 오우거들은 격렬히 야유했지만, 외눈박이는 다시 고개를 돌려 소년을 찾기 시작했다.

와이번은 곧 아람을 찾아냈다. 아람과 쓱싹이 와이번을 끝장낼 가능성은 거의 없었지만, 둘은 와이번이 둘 중 누구라도 제대로 공격하지 못하게 주의를 흐트러뜨리고 있었다. 쓱싹이 공격했다가 그다음엔 아람이 공격하는 방식으로 와이번에게 대항했다.

고르독도 드디어 이 상황을 즐기기 시작했다. 노예들이 마침내 훌륭한 싸움을 보여주고 있어 만족스러웠다. 평상시 늙은 외눈박이는 신속하게 노예들을 해치우고 나서 재빨리 먹어버리곤 했었다. 고르독은 의외의 결과가 생길까 하는 염려는 조금도 하지 않았다. 놈들이 주는 피해는 와이번의 덩치를 생각했을 때 아주 미미한 정도였다. 이 놀이는 오래갈 수 없었다. 결국엔 와이번이 이긴다는 것도, 반항한 노예는 끔찍한 최후를 맞으리라는 것도 고르독은 잘 알고 있었다.

마카사도 알고 있었다. 그리고 바로 지금이 자기가 나설 때라고 생각했다. 지금 당장 저 격투장에 뛰어들어 말뚝 작살을 거대한 짐승의 심장에 꽂아 넣는다면 엄청난 혼란이 일어날 것이다. 그 기회를 틈타 자신과 아람이 수사슴으로 변신한 탈리스의 등에 올라타 도망칠 수 있으리라 생각했다. 마카사는 거석 뒤에서 조용히 나와 그 어떤 오우거에게도 들키지 않고 탈리스의 관심을 끌어볼 생각이었다.

그러나 탈리스의 관심은 다른 데 있었다. 마카사에게 등을 돌린 채 머르글리 숙부 앞에서 몸을 웅크리고는 멀록 말로 무언가 말하고 있었다. 탈리스는 와이번과 오우거가 동맹이었던 적이 없다는 사실을 알고 있었다. 그렇다면 대체 왜 늙은 외눈박이 와이번은 고르독을 섬기는 걸까?

그 대답으로 머르글리가 근처에 있는 가시 전당을 가리켰다.

한편, 외눈박이 와이번이 발톱으로 아람을 후려치자 쓱싹이 와이번 독침 밑의 부드럽고 민감한 독주머니를 곤봉으로 후려쳤다.

와이번이 마치 사람 소리와 비슷하면서도 피가 얼어붙을 듯한 비명을 질렀다. 그러고는 위로 뛰어올라 날개를 접고 공중에서 방향을 틀어 쓱싹을 덮쳤다. 아람은 자신이 와이번 밑에 있는 것을 알고 위를 향해 검을 찔렀다. 그 괴물이 너무 위쪽에 있기도 했고 아람이 너무 작기도 해서 그저 따끔거리는 정도였겠지만, 어쨌거나 와이번은 공격을 받았다고 느꼈다. 날개를 퍼덕이며 높이 공중에 뜬 채로 몸을 땅과 직각이 되도록 회전시켰다. 아람을 물려고 했지만, 간발의 차이로 빗나갔다. 와이번이 커다란 머리를 다시 위쪽으로 향했을 때, 아람이 반사적으로 손을 내밀어 외눈박이의 수염을 잡았고 그대로 딸려 올라갔다.

이 무임승차한 존재의 몸무게 때문에 뺨의 털이 잡아당겨지는 게 화가 난 외눈박이는 머리를 뒤로 젖혔다. 그 바람에 아람은 튕겨 날아가 와이번의 뒤통수 쪽에 떨어졌고, 눈앞에서는 퍼덕거리는 날개 사이로 독침 달린 꼬리가 이리저리 흔들리고 있었다. 만약 와이번이 지금 독침으로 아람을 찌르려 한다면 곧바로 뛰어내려 와이번이 자신의 몸을 찌르게 할 계획이었다. 와이번이 자기 독에 중독될지는 알 도리가 없었으나, 지금 계획은 그랬다.

그러나 독침 공격은 없었다. 그 대신 아람을 떨어뜨리려고 이리저리 몸을 흔들어대는 통에 아람은 빈손으로 와이번의 갈기 한 줌을 잡고 필사적으로 매달렸다.

오우거 관중들이 전부 일어났다. 심지어 고르독까지 일어났다. 와이번 등에 탄 인간 소년은 전례 없이 아주 흥미진진한 구경거리였다. 모두가 커다란 와이번이 고개를 흔들 때마다 아람이 튕겨 나가는 모습을 기대했다. 심지어 오우거 몇몇은 잡은 다음에 뭘 할지도 모르면서 아람을 잡으려고 팔을 뻗고 기다렸다.

쓱싹, 탈리스, 양털수염, 멀록들 모두 입을 벌린 채 아람과 외눈박이 와이번을 지켜봤다.

마카사는 너무 놀란 나머지 모두에게 들킬 만한 위치에 나와 있다는 사실조차 몰랐다. 재빨리 몸을 숨기긴 했지만, 생각이 머릿속에서 뒤죽박죽 충돌하고 있었다. 전혀 예측할 수 없는 아주 난감한 상황에서 어떻게 아람을 구해야 할지 마카사는 판단이 서지 않았다. 마카사는 아람이 스스로를 구할 수 있는 생각을 떠올리게 해달라고 기도했다.

아람의 유일한 생각은 이 거대한 괴물의 머리를 베는 것이었지만, 설령 그럴 만한 힘이 있다 하더라도 칼을 어떤 각도로 어떻게 잡아야 할지 전혀 감이 오지 않았다. 여전히 자신을 떨어뜨리려고 하는 와이번을 필사적으로 붙잡은 채 칼의 각도를 고민하는 동안 와이번의 갈기 아래에서 무언가를 발견했다. 검을 잡은 손으로 갈기를 옆으로 치우고 보니… 가시 족쇄가 늙은 외눈박이의 목을 파고들고 있었다!

와이번의 피로 손이 끈적끈적해진 아람은 이 와이번이 끊임없이 고통받고 있는 게 분명하다고 생각했다. 더는 와이번이 괴물로 보이지 않았다. 와이번의 진짜 모습이 아람의 눈에 보이기 시작했다. 화가인 아람이 와이번의 모습에 집중할 수 없었던 이유는 마치 전사처럼 싸움에서 살아남고자 사력을 다했기 때문이었다. 와이번의 코와 주둥이 부분은 회색이었다. 늙고 마르고 지쳤으며 온몸은 흉터로 뒤덮여 있었다. 기운은 거의 바닥났고 순간순간 속도를 내긴 했어도 전반적으로 활공 속도가 느렸다. 아람은 자신과 마찬가지로 이 와이번 또한 격투장의 노예일 뿐이라는 생각이 번쩍하고 스쳐 지나갔다. 아람은 더 이상 와이번을 다치게 하고 싶지 않았다.

한편으로는 와이번에게 죽임을 당하고 싶지도 않았다. 하지만 어쩌면…? 아람은 흰날검을 와이번의 목과 족쇄 사이로 밀어 넣은 다음, 칼을 돌려 칼날을 세웠다. 그리고 온 힘을 다해 앞으로 당기면서 생각했다. 아람이 쏜살같이 가시를 제거했다!

목걸이가 툭 하고 끊어진 그때, 와이번이 아람을 떨어뜨리려고 머리를 흔들자 가시 족쇄가 와이번의 목에서 완전히 빠져나와 땅 위로 떨어졌다.

아람을 제외하고 오직 두 명만이 그게 무엇인지 정확히 이해했다. 외눈박이는 급작스럽게 하강해 땅으로 내려왔고, 고르독은 큰 소리로 불만을 터뜨렸다.

아람은 혹시나 하는 마음에 와이번의 왼쪽으로 미끄러져 내려왔다. 거대한 짐승이 고개를 돌리고는 오른쪽 눈으로 아람을 응시했다. 아람은 공격 의사가 없음을 보이고자 검을 땅으로 향한 채 조심스럽게 뒤로 물러났다. 쓱싹은 무슨 일이 벌어졌는지 알지 못했지만, 무언가가 변했다는 걸 깨닫고는 조심스럽게 아람에게 다가갔다.

탈리스와 다른 포로들은 물론 관중들도 모두 침묵했다. 마카사도 달려 나가고 싶은 마음을 억누르며 거석 뒤에서 상황을 주시했다. 분명한 건, 조금 전과는 달리 외눈박이 와이번이 아람의 내장을 파내고서 먹어 치울 것처럼 보이지는 않는다는 사실이었다.

외눈박이가 천천히 다가왔다. 아람은 품위 있는 태도로 검을 멀리 던져버렸다.

"쓱싹 모르겠다. 지금 무슨 일⋯?"

"쉿."

아람이 와이번을 향해 팔을 들고 손을 펴 손바닥을 보였다.

와이번이 씩씩 콧김을 내뿜으며 한 걸음 다가왔다. 꼬리는 언제라도 공격할 수 있게 머리 위에서 앞뒤로 흔들렸다. 그런데도 아람은 물러서지 않고 오히려 한 걸음 더 나아갔다. 와이번은⋯ 아람의 몸에 커다란 머리를 들이밀고 쿵쿵거렸다. 아래로 내린 꼬리는 부드럽게 땅을 툭툭 치고 있었다.

이런 모습을 지켜보던 고르독은 아무 말도 못한 채 격노하더니 마침내 고함을 치며 명령했다.

"외눈박이!"

와이번은 그 말을 무시했다. 그러자 고르독은 불같이 화를 내며 더 크게 외쳤다.

"외눈박이!"

와이번은 천천히 오른쪽 눈으로 고르독을 돌아봤다. 갑자기 고르독의 팔이 불쑥 앞으로 나오면서 가시 전당을 가리켰다. 이 짐승을 다스릴 수 있는 진짜 힘이 나오는 곳이었다.

"죽여! 당장 죽여!"

늙은 외눈박이는 유순하게 고개를 아래로 내렸다. 그러고는 다시 먹잇감을 쳐다봤다. 아람이 보기엔 망설이는 듯했지만, 와이번은 꼬리를 들어 올려 아람과 쓱싹을 위협했다. 바로 그 순간, 뿔피리가 울렸다.

모든 눈이 배불뚝이 오우거에게 쏠렸다. 하지만 배불뚝이 오우거는 근처 돌 위에 놓인 뿔피리를 가리키며 말했다.

"나 아니다!"

뿔피리가 다시 울렸다. 그리고 모두들 그 소리가 혈투의 전장 관문 입구에서 들려온다는 사실을 알았다.

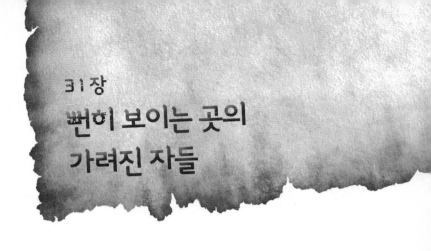

31장
뻔히 보이는 곳의
가려진 자들

가려진 자들은 숨지 않는 쪽을 선택했다.

자스라는 오우거 무리를 추적했고, 인간 여자 역시 오우거를 뒤쫓고 있는 흔적을 찾아냈다.

"그 여자애는 탈출했군. 인상적이야." 발드레드가 속삭였다.

"참 쉬이이입게도 깊은 인사아아앙을 받는군, 포세에에이큰. 오우거 한테에서 도망가는 데는 별 기수우우울이 필요 없지이이."

싸르빅이 쉭쉭거리며 빈정대자 스로그가 눈살을 찌푸렸지만, 아무 말도 하지 않았다.

"계속 가자." 말루스가 말했다.

가려진 자들 무리가 5킬로미터쯤 걷고 나자 오우거들의 흔적 사이에서 인간 소년과 나이트 엘프의 흔적이 나타났다.

"음, 적어도 죽지는 않았군."

말루스가 냉담하게 말하자 자스라가 대꾸했다.

"지금쯤은 죽었겠지. 우리가 세 시간 뒤처져 있으니."

"그럼 더 빨리 가자. 소년이 살아 있는 한, 나침반을 안전한 곳에 감춰둘 테니까. 그 애가 죽으면 이도 저도 아니게 끝나버린다."

말을 하고 나서 말루스는 생각했다. 나침반이 없으면, 영원히 그게 끝났다는 확신을 할 수 없겠지. 그리고 그게 끝나지 않으면 헛수고만 한 셈이 되어버리는 거야.

자스라가 속도를 올렸고 싸르빅이 "잠시만 쉬이이자."고 간청할 때까지 걸음을 멈추지 않았다. 말루스는 싸르빅을 버리고 가고 싶은 유혹에 빠졌다. 당장 그렇게 하라고 무리의 다른 이들에게 권유와 협박도 받았다. 그러나 밤이 되면서 자스라가 추적 능력을 발휘하기 어려워졌기에 결국 말루스 무리는 휴식을 취하고 전갈 쌩쌩이만 앞서 보냈다.

동이 트기 전, 무리는 다시 이동하며 추적을 이어갔다. 싸르빅이 계속 '지쳐어어었어.'라고 불평하는 바람에 말루스는 스로그에게 멀록을 내려놓고 싸르빅을 어깨에 태우고 가게 했다. 발드레드가 그물에서 머키를 꺼내주었다. 말루스가 머키에게 따라오지 못하면 가만두지 않겠다고 협박하자, 머키는 그물을 허리에 감고 선두에 선 자스라 바로 뒤를 별 의욕도 없이, 그러나 재빨리 따라갔다.

무리는 마침내 나무 말뚝이 가득한 산마루에서 쌩쌩이와 만났다. 자스라는 자신의 애완동물과 이야기를 나눈 다음 여러 흔적을 관찰하고서 쌩쌩이가 준 정보를 확인했다.

"오우거들이 이 산마루를 따라 소년과 나이트 엘프를 데리고 갔어. 쌩쌩이 말로는 길을 따라 경비 초소가 계속 있다고 해."

"그 여자아이는?" 발드레드 남작이 물었다.

"그 애의 흔적은 여기서 사라졌어."

자스라가 뾰족쐐기 덤불을 가리키며 말했다.

"그거어어엇들이? 말도 아아아안 돼!" 싸르빅이 비웃었다.

발드레드가 두건 아래에서 미소를 지었다.

"누차 말했듯이, 그 여자아이는 꽤 인상적이라니까."

"턱이나 잘 붙여놓고 있어."

말루스가 퉁명스럽게 쏘아붙이자 자스라도 맞장구쳤다.

"언데드가 침 흘리는 꼴은 아무도 보고 싶어 하지 않아."

발드레드는 무슨 말인지 알았다는 듯 고개를 끄덕였다.

"맞아, 침을 흘리면 우리 같은 시체들은 특히나 더 생각이 없어 보이지. 반면, 당신들처럼 매력이 넘치는 자들은 지적인 분위기를 잃지 않으면서도 외모를 유지할 수 있겠지."

스로그는 화살통에 있는 풀베기 칼을 꺼내려고 하다 실수로 그 중간에 있던 싸르빅의 목을 잡았다.

"놓아줘! 놓아줘!"

싸르빅이 빽빽거리자 스로그가 사과했다.

"미안해. 하지만 스로그 작은 뾰족쐐기는 자르며 지나갈 수 있다. 큰 건 뽑는다."

스로그의 말에 말루스가 일행을 보며 대꾸했다.

"위치가 노출될 거야. 그러면 더 편해지겠지. 더 빠른 직선 경로로 갈 수도 있고."

그래서 가려진 자들은 숨지 않기로 했다.

첫 번째 경비 초소는 아무 문제없이 지나칠 수 있었다. 자스라가 석궁으로 오우거 보초들을 조용히 처리했기 때문이었다.

그러나 네 번째 초소의 보초는 경계심이 강했고 창을 자유자재로 다루는 재주가 있었다. 처음에 던진 창이 상당히 멀리까지 날아오는 바람에 말루스 무리는 뒤로 물러나야 했지만, 오우거가 경고의 뿔피리를 불기 직전, 싸르빅이 주문을 외우기 시작했다. 그 와중에도 싸르빅은 자신의 영가를 결코 빼먹지 않았다.

"우리는 가려진 자이며 그림자의 여행자아아아이다. 쉬익. 우리는 섬기고오오 정복한다. 우리가 정복하는 것은 불타리라. 주우우인님의 뜨으읏에 따라아아 불타라. 가려진 자들을 위해 불타라. 불타라. 불타라."

어둠의 불꽃이 남색과 짙은 보랏빛으로 일어나며 경비 초소를 삼키기 시작하더니 빠르게 불타올랐다. 보초를 서고 있던 오우거는 불길이 없는 곳으로 피했지만 당황하는 바람에 가시 말뚝 숲으로 잘못 뛰어들었다. 무리는 섬뜩하지만 별 효과 없는 허수아비가 되어버린 그 보초를 그대로 두고 떠났다. 잠시 후, 청소부 새들이 날아와 허수아비가 된 오우거와 함께했다.

관문에 도착할 때까지 같은 상황이 반복되었다. 관문에서 말루스 무리의 모습이 보이자 뿔피리가 두 번 울리며 관문이 굳게 잠겼다. 양쪽에서 경비탑의 보초들이 두꺼운 창과 얇은 투창을 빗발치듯 쏟아부으며 가려진 자들을 궁지에 몰아넣었다.

자스라는 무장한 쌩쌩이를 뾰족쐐기 덤불 속으로 보냈다. 누구의 눈에도 띄지 않은 채, 쌩쌩이는 경비탑 하나를 가로질렀고 여전히 들키지 않은 채로 빠르게 위로 올라가 보초를 독침으로 찔렀다. 몇 초 후 그 오우거는 숨을 몰아쉬며 몸부림치다 쓰러졌다.

스로그가 오우거의 죽음을 보고 얼굴을 감싸 쥐었지만 아무 말도 하지 않았다.

말루스가 고개를 끄덕이자 발드레드가 재빨리 앞으로 달려 나가 다른 경비 초소를 오르기 시작했다. 그 대가로 투창 과녁판 신세가 되고 말았지만, 발드레드의 속도는 느려지지 않았다. 오우거 보초는 이 광경에 경악하며 끝장을 볼 때까지 투창을 계속 던졌다. 하지만 발드레드는 검을 뽑아 들고 투창을 던지던 오우거를 단숨에 베어버렸다.

자스라는 쌩쌩이를 따라 첫 번째 경비탑에 올라가 관문의 다른 편에 있는 오우거들을 향해 석궁 화살을 날렸다.

발드레드는 자스라의 공격을 엄호 삼아 사다리를 타고 내려가다가 참지 못하고 중간에서 그냥 뛰어내렸다. 오른쪽 다리가 뚝 부러 졌지만 주워올 수 있는 위치에 떨어졌다. 오우거들은 부러진 다리를 다시 붙이는 모습을 지켜보며 어리둥절해했는데, 발드레드가 순식간에 검을 휘두르는 바람에 오우거들의 그 표정은 이승에서의 마지막 표정이 되었다.

말루스는 발드레드를 따라가다 곧 포탑을 타고 내려왔다. 자스라와 발드레드가 마지막 보초를 상대하는 동안 말루스 대장은 관문을 열었다. 스로그가 육중한 몸으로 쏜살같이 달려 문을 통과했고 그 뒤를 멀록이 바짝 따라붙어 지나가는 모습에 말루스와 일행들은 잠시 움직임을 멈췄다.

발드레드는 머리를 기울이고 목에서 투창 하나를 뽑아내고는 재미있다는 듯 중얼거렸다.

"이 작은 생물은 이상하군. 이 기회를 틈타 다른 길로 달아나 우리들에게서나 오우거에게서 도망칠 수 있었을 텐데. 오히려 스로그를 열심히 따라다니고 있다니."

말루스도 고개를 끄덕였다. 물론 양서류는 대부분 싸우지 않는다. 그저 본능에 따라 죽지 않으려고만 할 뿐. 말루스는 궁금했다. 왜 이 작은 멀록은 도망치지 않았을까…?

이런 생각의 흐름이 싸르빅 때문에 끊겼다. 새 인간 싸르빅은 마지막으로 느긋하게 관문을 통과했고, 스로그가 철퇴손으로 마지막 남은 오우거 보초를 때려눕혔다. 싸르빅은 말루스에게 경멸 어린 시선을 던지고는 쉭쉭거렸다.

"그냐아아앙 여기 서어어 있는 거야? 공격을 이끌 생각이 안 드으으나 보네?"

말루스는 무심코 손등으로 싸르빅을 한 대 쳐 자빠트리고는 언덕 아래 혈투의 전장으로 내려가기 시작했다. 발드레드가 피식 웃고는 싸르빅을 일으켜 세워주며 말했다.

"학습 능력이 없군. 솔직히 말해 이렇게 재미있는 볼거리를 제공해줘서 얼마나 고마운지 모르겠소."

자스라가 대놓고 웃음을 터뜨렸고 스로그는 철퇴손으로 이마의 뿔을 긁는 척하며 웃음을 숨겼다.

"계속 전진!" 말루스가 명령했다.

가려진 자들 모두 그 뒤를 따랐다.

"아르쿠스, 문으로 가라! 침입자 죽여라! 워르독, 노예들 우리에 다시 넣어라!"

고르독이 고래고래 소리를 지르며 갑옷과 무기를 가져오게 했고, 반응이 느리다 싶으면 어김없이 어린 오우거 소녀를 철썩 때렸다.

둥근 머리와 커다란 체구의 오우거, 아르쿠스가 갑옷을 입고서 오우거 전사 분대를 이끌고 관문을 향해 언덕을 올랐다.

늙은 외눈박이 와이번의 존재는 까맣게 잊은 채, 워르독과 다른 오우거 교도관 셋은 아람과 쓱싹을 향해 달려왔다. 쓱싹은 싸울 준비가 된 모양이었는데, 아람이 어깨너머로 힐끗 보니 임시 우리를 지키는 교도관 둘이 뒤에서 창을 던지려고 하고 있었다. 아람이 쓱싹의 팔에 손을 얹고 속삭였다.

"지금은 아니야. 조만간에 놈들과 싸울 수 있을 거야. 약속할게."

쓱싹은 억지로 전투 곤봉을 내렸다.

워르독이 재빨리 쓱싹의 손에서 무기를 빼앗고 아람의 검을 집어 든 다음 근처 통에 집어넣었다. 다른 교도관들은 아람과 쓱싹, 탈리스, 양털수염, 머르글리, 머르를, 다른 멀록들을 다시 울타리 안으로 데려갔다.

양털수염이 절뚝거리며 아람의 머리를 쓰다듬었다.

"애야, 정말 대단하더구나!"

그러고는 늙은 타우렌이 타우렌어로 몇 마디를 외쳤다. 외눈박이 와이번이 고개를 돌리고 낮게 으르렁거리며 응답했다.

"와이번이 당신 말을 알아듣나요?" 아람이 놀라 물었다.

"그럼. 물론이지, 애야. 와이번이 그냥 멍청한 동물인줄 알았더냐?"

"그런데 왜 가만히 있죠? 사슬에 묶이지도 않았는데."

"그건 내가 답해주마."

탈리스가 아람 옆으로 다가와 다른 이들에게서 떼어놓은 다음 속삭였다.

"마카사가 여기 있다."

"누나가요? 어디에요?"

탈리스가 아람을 조용히 시켰다.

"저쪽에 서 있는 거석 뒤에 숨어 있다. 내 시선을 끌려고 노력하더구나."

아람이 거석 쪽을 슬쩍 쳐다보았으나 마카사는 보이지 않았다.

"시선을 끌려고 했단 말인가요?"

"몇 번쯤 널 구하러 달려오려고 했었다. 그저 내가 협조할 생각이 있는지 그것만 확인하면 됐었지. 하지만 그랬다면 마카사는 죽었을 거다. 어쨌든 넌 친구를 사귀느라 바빴으니까."

"아, 제가 한 일이 친구를 사귀는 것이었나요?"

"너라면 뭐라고 하겠느냐?"

탈리스가 큰 소리로 웃고는 말을 이었다.

"들어봐라. 저 가시 전당 안에는 무언가가 있다. 그 때문에 외눈박이 와이번이 고르독에게 복종하는 거지. 사실 그게 와이번을 복종하게 하는 유일한 원인이라고 생각한다. 네가 빼낸 가시 족쇄가 와이번을 이곳에 잡아두거나 복종하게 만드는 것 같지는 않다. 다른 이유가 분명히 있어. 내 생각에 가시 족쇄는 저 전당 안에 있는 무언가를 기억하라고 와이번의 목에 채워놓은 것 같다."

"그게 뭔데요?"

탈리스는 작은 목소리로 아람에게 설명해주었다. 아람은 어렵사

리 새로운 정보를 받아들이며 고개를 끄덕였다. 그때 무언가가 딱 들어맞는다는 생각이 들었다. 아람은 손짓으로 다른 포로들을 불러 모았다. 그 누구도 저항하지 않고, 의문도 품지 않고 아람의 부름에 응했다.

"저기, 이제 이곳을 떠날 마음의 준비가 되셨나요?"

오우거 왕 고르독은 갑옷을 거의 다 입었다. 여자 오우거 다섯 명이 무기를 들고 근처에 서 있었다. 둘은 양날 전투 도끼를 들고, 둘은 샛별둔기를 들고 있었다. 다섯 번째 그 어린 소녀 오우거는 긴 곡선형 단검을 들고 있었다. 고르독은 소녀에게 앞으로 오라고 손짓했다. 그렇지만 싸우는 소리가 들려오자 거칠게 다시 밀어냈다. 고르독이 웃으며 말했다.

"고르독 무기 필요 없다. 아르쿠스 잘하고 있다."

그때 무언가 둥근 것이 어둠 속에서 고르독의 머리 위로 날아왔다. 이곳저곳에 몇 번 튕기더니 경기장 안으로 떨어져 데굴데굴 굴러가다가 늙은 외눈박이 앞에 멈췄다.

우리에 가려져 있어 워르독은 그게 뭔지 볼 수 없었다.

"저게 뭐지?"

고르독은 대답하지 않았다. 바닥에서 뒹굴고 있는 그 둥근 물체가 뭔지 보이는 자는 있었지만, 대답하는 자는 없었다.

와이번이 성한 눈 한쪽을 가늘게 뜨고 둥근 물체를 살피더니 느

닷없이 독침으로 그 둥근 물체를 후려갈기고는 세차게 찔렀다. 와
이번은 꼬리로 그것을 높이 들어 모두에게 보여줬다.

그것은 오우거 아르쿠스의 머리였다.

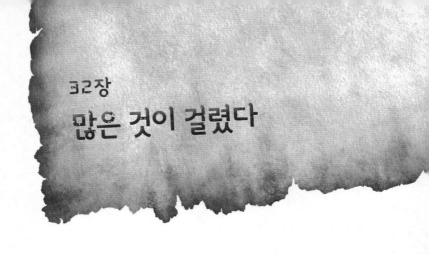

32장
많은 것이 걸렸다

그 리 가려지지 않은 가려진 자들은 횃불 아래에 나타나 원형
경기장 꼭대기에 멈춰 서서 상황을 파악했다. 말루스는 오
우거 부족 전체를 상대하더라도 괜찮다며 상당한 자신감을 보였지
만 이빨, 발톱, 독침으로 하늘에서부터 공격해올 수 있는 거대한 와
이번을 보자 잠시 멈춰 섰다. 여전히 그 인간 소년은 노예 우리에 갇
혀 있었지만, 상태는 그리 나빠 보이지 않았다. 아직 나침반을 가지
고 있을 확률이 높았다. 말루스는 재빨리 계획을 세우기 시작했다.

　그때 커다란 오우거 하나가 먼저 입을 열었다.

　"나는 고르독, 혈투의 전장 골두니의 왕은 침입자들 왜 여기에 죽
으러 왔는지 알고자 한다."

　말루스가 잔뜩 무장한 고르독을 보고 곧바로 대답했다.

"우리는 인간 소년 때문에 왔다."

아람을 가리키며 대꾸하고는 다시 말을 이었다.

"우리가 요구하는 건 저 소년뿐이다. 소년, 그렇지 않나?"

아람은 그 말이 무슨 뜻인지 알았다. 말루스는 머키의 어깨에 손을 올려놓고 있었다. 아직 무사히 살아 있는 머키는 바보같이 아람, 탈리스, 숙모, 숙부를 본 것만으로도 행복해하며 웃고 있었다.

그리고 사실, 아람도 바보같이 머키를 본 것만으로 행복했다. 그러나 말루스가 나침반을 얻지 못한다면 머키는 죽은 목숨일 터였다. 너무 많은 이들을 떠나보낸 고통을 겪은 아람에게는 머키가 살아 있다는 사실이 아제로스만큼의 의미가 있었다. 아람은 머키를 보고 미소 지으며 말루스에게 말했다.

"맞아. 당신이 요구하는 건 나뿐이야."

그러나 다른 요구 사항이 있었던 고르독은 오르막 위의 관문을 가리키며 말했다.

"침입자들 고르독 땅 습격했다!"

그리고 외눈박이의 독침에 꽂혀 있는 아르쿠스의 머리를 가리켰다.

"침입자들 고르독 전사 죽였다!"

그리고 아람을 가리켰다.

"침입자들 고르독 노예 요구한다!"

"그렇다." 말루스가 답했다.

"침입자 뭐라고 불리나?" 고르독이 으르렁거렸다.

"말루스."

"그게 바로 문제야. 이름을 '말렸어'라고 짓다니. 그러니 이렇게 형편없는 게 당연하지."

아람의 외침에 말루스는 큰 소리로 웃으며 말했다.

"네 아비를 참 많이도 닮았구나. 내 손에 쓰러지기 전에 네 아비도 그랬지."

노예 우리 안에서 아람은 피가 거꾸로 솟는 듯했다. 거석 뒤에 있던 마카사도 마찬가지였다. 그러나 둘 다 가까스로 분노를 억누르며 입술을 깨물었다.

고르독은 대화에서 제외되고 무시당했다는 사실에 개의치 않았다. 모든 관심이 자신에게 집중되리라 기대하고 명령했지만. 사실 와이번은 부르면 들릴 만한 곳에 있고, 부하 오우거들도 말루스 무리를 에워싸고 있으니 별문제 없었다. 자신만만한 고르독이 외쳤다.

"말루스, 이제 죽을 준비됐나?"

"저 소년만 넘긴다면 아무도 죽지 않아."

고르독은 보란 듯이 가려진 자들의 머릿수를 헤아렸다. 머키는 포함시켰지만, 자스라의 갑옷 뒤에 있던 쌩쌩이는 세지 않았다.

"하나, 둘, 셋, 넷, 다섯, 여섯 죽어야 한다. 그리고 인간 소년 죽이고 고르독이 먹는다. 소년 말루스를 위한 것 아니다."

고르독은 팔을 들어 올렸다. 그 팔이 내려가는 순간 침입자들은 죽은 목숨이었다.

그러나 말루스에게는 이미 준비된 작전이 있었다.

"그렇다면, 고르독 너에게 도전한다. 침입자들이 네 관문을 파괴했다. 네 전사를 죽였다. 너는 혈투의 전장 골두니 왕으로서 실패했다. 오크들에게는 막고라라는 전통이 있다. 일대일 결투를 하는 싸움이다. 오우거들도 이 전통을 지킨다고 믿는다. 그러니 나 말루스는 너 고르독과 일대일 결투를 하고자 한다. 지휘권을 위해 너에게 도전한다."

"하찮은 말루스 인간, 위대한 고르독에게 도전한다고?"

"그렇다. 일대일 결투를 거부하겠는가? 나를 상대하는 것이 두려워서?"

"인간, 고르독에게 도전 못한다! 오우거만 고르독에게 도전한다!"

말루스가 스로그를 빤히 쳐다보자 스로그는 혼란스러워하며 말루스를 쳐다봤다. 오우거의 멍청함에 좌절감을 느끼며 말루스가 날카롭게 외쳤다.

"그렇다면 오우거가 도전을 요청한다!"

드디어 스로그가 무슨 말인지 알아듣고는 앞으로 한 발 나서며 포효했다.

"으스러진 손의 스로그가 혈투의 전장 골두니 고르독에게 도전한다!"

이들의 대화를 들은 골두니 오우거들이 반응했다. 원형 경기장은 웅성거리는 소리로 가득 찼다.

처음으로 고르독의 목소리에서 걱정하는 낌새가 조금 드러났다.

"으스러진 손은 오크 부족이다. 오우거 부족 아니다."

스로그는 웃으며 피투성이가 된 철퇴손을 자랑스럽게 들어 올렸다.

"스로그 오우거다. 하지만 스로그 으스러진 손이다."

말루스도 미소를 지었다. 고르독은 함정에 빠졌다. 만약 도전을 거부하면 부족 전체에 체면이 서지 않을 것이다. 특히 말루스 무리 전체를 도륙하라고 명령을 내린다면 더더욱 체면이 서지 않을 것이다. 고르독에게는 도전을 받아들이는 것 말고는 다른 선택의 여지가 없었다. 말루스는 자신이 내건 조건이 마음에 들었다.

외눈박이 와이번이 크게 하품을 하고 내려앉더니 머리를 앞발에 얹었다. 그러고는 아르쿠스의 머리를 꼬리에서 떼어냈다. 머리는 격투장 안으로 굴러가다 배불뚝이 오우거 발치에 멈췄다. 그 오우거는 신경질적으로 머리를 멀리 차버렸다.

이런 상황을 지켜보던 쓱싹과 양털수염이 웃음을 터트렸다. 웃음은 전염되어 멀록 포로들에게까지 옮겨갔다. 그리고 머키, 스로

그, 발드레드까지 합세했다. 말루스는 뭐가 그리 웃긴지는 몰랐지만, 고르독이 당황스러워하는 것을 보고 억지로 웃으며 자스라와 싸르빅을 쳐다봤고 둘은 어색하게 웃는 분위기에 동참했다. 탈리스와 아람도 당황하는 고르독을 보며 웃기 시작했다. 웃음소리가 원형 경기장 전체를 휩쓸면서 고르독, 마카사, 외눈박이를 제외한 모두가 웃는 지경에 이르렀다.

"그만!"

고르독이 꽥 소리를 지르고는 광분한 채 목소리를 높였다.

"도전 받아들인다! 고르독 으스러진 손 오우거와 싸운다! 으스러진 손 오우거 죽인다!"

고르독의 말이 끝나기 무섭게 스로그가 앞으로 나서는데, 느닷없이 말루스가 손을 들고 말했다.

"스로그는 말루스를 자신의 용사로 선택하여 싸우게 한다!"

아람은 스로그가 실망하는 것을 보았다. 이번엔 고르독이 웃을 차례였다.

"사실인가? 으스러진 손의 스로그 안 싸운다? 하찮은 인간 말루스 스로그 대신 싸운다?"

스로그가 말루스를 쳐다보며 속삭였다.

"스로그 스로그 위해 싸운다."

말루스는 스로그가 고르독을 이기리라 생각했지만, 아슬아슬할 수도 있다는 점이 마음에 들지 않았다. 말루스는 누구보다 자기 자신을 믿었다. 아제로스, 아웃랜드 어느 곳이든, 산 존재이거나 죽은 존재이거나 상관없이, 그 누구의 실력보다 자신의 검과 자신의 실력을 더 신뢰하기 때문이었다. 또 어느 정도는, 어떤 운명의 장난으로 자신이 진다면 결과를 책임지지 않아도 되기 때문이었다. 마침내 결과에서 자유로운 몸이 되는 것이다. 그런 결말도 괜찮았다. 조용하고 단호하게 말루스가 말했다.

"말루스 스로그 위해 싸운다, 이렇게 말해."

스로그가 깊게 숨을 들이쉬었다. 이마엔 주름이 졌다. 하지만 고르독을 향해 외쳤다.

"말루스 스로그 위해 싸운다!" 그런 다음 재빨리 말을 덧붙였다.

"고르독이 스로그 상대 안 돼서 말루스 싸운다!"

분노한 고르독이 알아들을 수 없는 말로 포효하고는 소리쳤다.

"고르독 하찮은 말루스 인간 죽인다! 그다음 고르독 스로그 죽인다! 그다음 고르독 소년 죽이고 먹는다!"

아람은 쓸쓸하게 웃었다. 아직 자신의 존재를 기억해주는 누군가가 있어서였다.

잠시 후, 모든 준비가 끝났다. 외눈박이 와이번은 경기장에서 쫓겨나 가시 전당과 가까운 임시 우리 쪽에 앉았다.

말루스에게서 머키를 건네받은 발드레드는 스로그, 자스라, 쌩쌩이, 투덜거리는 싸르빅과 함께 원형 경기장 뒤쪽에 섰다.

"이이런 서어어커스으으는 필요 어어없어! 소년은 상관 안 해! 우리는 그으으냥 나치치이임반을 원할 뿐이야!"

발드레드가 즐거워하며 싸르빅에게 말했다.

"보아하니 나침반을 차지할 다른 계획이 있나 보군?"

이 말에 싸르빅은 입을 다물었다.

우리 안에서 머르글리 숙부는 머키가 살아 있는 것을 보고 기뻐서 우는 머르를 숙모를 달랬다. 멍청한 조카는 곧 죽을 게 분명하다고 말했지만, 머르를 숙모는 들으려 하지 않았다. 이건 비밀이지만, 사실 숙모의 믿음 덕에 머르글리 숙부도 희망을 품었다.

양털수염이 절뚝거리며 아람에게 다가와 속삭였다.

"음, 소년, 네 계획도 이것으로 끝이구나."

"아직 아무것도 바뀌지 않았어요." 아람이 속삭이며 대답했다.

쓱싹이 큰 소리로 킬킬거리고는 정신이 쏙 빠질 정도로 세게 아람의 등을 철썩 때렸다.

한편, 탈리스는 드디어 마카사와 눈을 맞췄다. 아무 말 없이 몇 가지 교묘한 손동작만으로 자신의 신호를 기다리라고 말해놓고는 와이번이 앉아 있는 옆 우리를 가리키며 그리로 접근하라고 했다. 마카사는 망설였지만, 탈리스의 뜻에 순순히 따랐다.

고르독은 경기장 안에서 힘 하나 들이지 않고 한 손으로 양손 전투 도끼를, 다른 손으로 샛별둔기를 들었다. 긴 곡선형 단검은 허리춤에 꽂혀 있었다. 고르독은 아직 검조차 뽑지 않은 말루스를 바라봤다.

"승자가 부족과 소년을 갖는다." 말루스가 말했다.

"승자 부족 갖고 소년 먹는다." 고르독이 말을 고쳤다.

지금 고르독은 자신감이 넘쳤다. 스로그는 골치 아플 수도 있었다. 고르독은 으스러진 손 오우거에 관한 이야기를 들은 적이 있었다. 그러나 스로그라면 몰라도 이 어리석고 하찮은 말루스라는 인간이 자신의 상대가 될 리 없었다. 고르독은 피를 갈망했고, 유일한 걱정거리는 식욕이 돌아오기 전에 싸움이 끝나버릴지도 모른다는 것이었다. 격투장에 들어오기 전에 멧돼지 두 마리를 통째로 먹어 치웠기 때문이었다. 배가 불러서 소년을 전부 먹지 못하면 난처할 터였다.

"내기 조건만 확실히 지킨다면야." 말루스가 차분하게 말했다.

워르독과 창을 든 몇몇 오우거 교도관들이 아직 우리를 지키고 있었다. 오우거 전사들은 스로그를 비롯한 가려진 자들을 둥글게 세 겹으로 에워싸고 있었다. 혈투의 전장 골두니 부족의 나머지 오우거 관중들은 의자 끄트머리에 엉덩이만 간신히 걸치고 앉아 상황에 완전히 몰입한 상태였다. 드디어 고르독이 신호를 보내자 배불뚝이 오우거는 뺨을 잔뜩 부풀렸다가 뿔나팔을 불어 일대일 막고라의 시작을 선포했다.

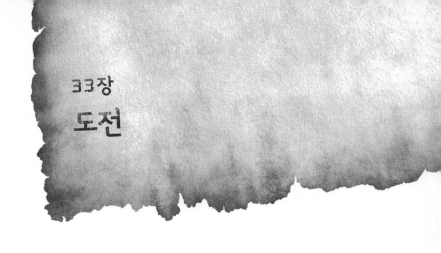

33장
도전

말루스는 과장된 동작으로 자신의 넓적검을 뽑긴 했지만 오
우거들에게 볼거리를 제공할 생각은 없었다. 고르독은 팔
도 무기도 더 길었기에 샛별둔기로 원을 그리며 휘두르면 그 사정
거리가 엄청나게 넓었다. 그래서 말루스는 천천히 뒤로 물러나며
거리를 유지한 채 기회를 노렸다. 오우거 왕이 성급하게 굴 것이 뻔
했고, 말루스가 세운 작전은 곧 결실을 볼 터였다.

고르독은 경기장을 돌며 인간을 쫓아가는 일에 금방 질려버렸다.
인간 소년을 뒤쫓는 놀을 보며 관중들이 비웃던 일이 기억났고 누구
에게도 그런 멸시는 받고 싶지 않았다. 고르독은 왼손으로 샛별둔
기를 휘둘러 말루스를 격투장 구석으로 몰아넣고는 덤벼들었다.

말루스는 그 순간을 기다리고 있었다. 내려오는 샛별둔기를 검

으로 막아 고르독의 오른쪽 하단으로 빗겨나게 했다. 뾰족쐐기가 달린 쇠공이 땅바닥에 떨어졌고 사슬이 고르독의 몸을 가로막아 달려오던 추진력을 잃어버렸다. 덕분에 말루스는 쉽게 몸을 굽혀 고르독의 공격을 피할 수 있었다. 고르독은 전투 도끼로 말루스의 목을 쳐서 경기를 끝내려고 했었다.

하지만 고르독의 양팔이 전부 쭉 뻗은 상태로 꼴사납게 꼬이면서 훤히 드러난 빈틈을 노리고 말루스가 아래에서 위로 검을 쳐올렸다. 칼끝이 갑옷 위를 지나 고르독의 투구 끈을 자르고 목에는 붉은 실처럼 가는 칼자국을 남겼다. 말루스가 먼저 상대에게 상처를 내며 우위를 점했다. 오우거 관중들은 즉시 함성을 지르며 벌떡 일어섰다. 인간을 응원해서가 아니라 언제나 피를 갈망하기 때문이었다.

'하찮은 말루스 인간'은 족히 2미터에 가까운 키였지만 유연하고 민첩했다. 말루스는 앞으로 뛰어올랐다가 95킬로그램이 넘는 체중을 전부 실어 고르독의 가슴과 복부를 들이받았다. 오우거 왕은 단 몇 걸음이지만 뒤로 휘청거렸고 말루스는 착지와 동시에 샛별 둔기의 사슬을 두 발로 밟고 왕의 손에서 낚아챘다. 게다가 고르독의 헐거워진 투구가 미끄러져 내려와 눈을 가리고 있었다. 재빨리 투구를 잡아채 멀리 던져버린 말루스는 고르독의 무장하지 않은 왼쪽 허벅지를 찔렀다.

그러나 여기서 말루스가 잘못 계산한 부분이 있었다. 그 정도 상처라면 오우거의 한쪽 무릎이 꺾이면서 주저앉으리라 생각했다. 거대한 생물체의 다친 다리가 그렇게 엄청난 무게를 지탱하리라고는 생각지 못했다.

상처나 고통에 굴복했다면 고르독은 왕이 되지 못했을 것이다. 고르독은 곡선형 단검을 뽑아들고는 자신이 휘청거리리라 기대했던 말루스의 갈비뼈 사이로 칼집이라도 되는 듯이 단검을 찔러 넣었다.

부주의하고 지나치게 자신만만했던 스스로에게 분노한 말루스가 빙글 돌아서며 물러나자 고르독은 피가 묻어 미끌미끌해진 단검의 칼자루를 놓쳐버렸다. 말루스는 옆구리에 박힌 단검을 그대로 두었다. 당분간은 박힌 단검이 큰 출혈을 막아줄 터였다. 고통은… 말루스 역시 그런 것에 굴복했다면 가려진 자들의 지도자가 되지 못했을 것이다.

실수를 범했지만, 이제 오우거 왕은 단칼에 쓰러질 것이다. 가려진 자들의 지도자는 아직도 자신의 조건이 마음에 들었다.

아람은 오우거와 인간의 결투에 모두들 넋이 나갔다는 사실이 마음에 들었다. 속삭이는 남자와 말루스의 다른 부하들은 물론이고, 특히 워르독과 노예 우리를 지키는 교도관들도 둘의 싸움에 정신이 팔린 상태라 더더욱 마음에 들었다. 심지어 이상하게 생긴 새 인간도 격투를 관람하다가 피를 보고는 입맛을 다시고 있었다.

아람이 쓱싹과 양털수염의 어깨를 톡톡 쳤다. 둘이 대열의 간격을 좁히는 동안 아람과 탈리스는 슬며시 우리 뒤쪽으로 갔다.

탈리스가 신호하자 마카사가 거석 뒤에서 모습을 드러냈다. 마카사는 와이번의 커다란 몸집을 은폐물로 삼아 들키지 않고 빠르게 우리까지 왔다. 마카사를 보고 아람이 이토록 짜릿한 기분을 느낀 건 이번이 처음이었다.

늙은 외눈박이는 곧바로 마카사의 존재를 포착했으나 탈리스가 타우렌어로 어떤 약속을 속삭였다. 그러자 그 거대한 짐승은 고개를 돌려 나이트 엘프인 탈리스를 쳐다봤다. 그런 다음 아람에게로 시선을 옮긴 외눈박이는 고개를 끄덕이고는 그 약속을 받아들였다. 와이번은 왼쪽 뒷발을 들어 올려 가시 족쇄가 사라진 목을 긁어보고는 아람에게 다시 고개를 끄덕인 후, 마치 마카사가 거기 없는 존재인 양 경기장 쪽으로 시선을 돌렸다.

잠시 후 마카사가 나타나 속삭였다.

"지금이야. 타고 넘어."

둘은 울타리를 타고 넘었다. 아람이 마카사 바로 앞으로 조용히 뛰어내렸다. 찰나의 순간이었지만, 마카사는 아람을 보고 미소를 지었다가 곧바로 지워버렸다. 그러고는 웃음을 감출 생각이 없는 아람의 뺨을 살짝 톡 치며 말했다.

"심각한 상황이야. 움직여야 해. 운이 좋다면 놈들이 서로 죽일 때까지 시간을 벌 수 있어."

아람은 마카사의 말에 수긍하면서도 자신의 뜻을 굽힐 생각이 없었다.

"아직은 떠날 수 없어요. 다른 포로들과 머키도 함께 가야 해요."

지난 이틀 밤낮으로 마카사의 머릿속에서 떠나지 않았던 단 하나의 생각은 아람을 구출한다는 것뿐이었다. 너무 성가시지만 않다면 탈리스까지는 생각해볼 수도 있었다. 그런데 다른 포로들과 머키라니… 마카사는 당혹스러워하며 고개를 저었다.

"네가 모두를 구할 수 없다는 사실을 언젠가는 알아야 해!"

"언젠가는요. 하지만 오늘은 아니에요."

마카사는 아람을 때려 의식을 잃게 한 다음 떠메고 가려고 주변을 둘러보았다. 그때, 미소를 짓고 있던 탈리스가 속삭였다.

"날 따라와라."

초조해진 마카사는 뭐라고 말하려 했지만, 탈리스와 아람이 이미 이동하고 있는 상황이라 그저 둘의 뒤를 따라 가시 전당 쪽으로 달려갈 수밖에 없었다.

*　　*　　*

말루스와 고르독의 격투는 한쪽이 도끼를 쓰는 싸움으로 바뀌었다. 휘두르고 막고, 달려들고 피하고. 고르독은 오른쪽 다리를 조심하며 움직여야 했고 말루스는 옆구리에 단검이 박힌 상태였지만 둘 다 자기 상태에 크게 개의치 않았다. 고르독이 더 셌지만, 말루스도 결코 약하지 않았다. 말루스가 더 날렵했지만, 고르독도 느리지 않았다. 고르독의 공격 범위가 더 넓었지만, 말루스의 검술 실력이 더 좋았다. 그렇게 싸움은 계속되었다. 둘은 팽팽하게 맞서고 있었다. 이 격투가 시작되었을 때 각자 예상했던 것보다 훨씬 더 팽팽했다. 둘 다 잔뜩 집중한 탓에 표정이 딱딱하게 굳었다. 이 싸움은 반드시 이겨야만 하는 싸움이었다.

머키는 우룸과 둘루스가 빠져나가는 걸 보았지만, 이제는 자기를 버리고 떠난다는 생각은 하지 않았다. 준비 상태로 있고 싶었다. 돕고 싶었다. 그래서 천천히 소리 내지 않고, 그물을 자신과 발드레드 앞에 펼쳐놓았다. 그 포세이큰 발드레드는 완전히 몰두한 채 경기장 안의 싸움을 즐기고 있었다.

탈리스는 원형 경기장에서는 보이지 않게 전당 뒤편에 서서, 최근에 난 가시를 자세히 살폈다. 날카롭고 뾰족뾰족한 가시덤불 여러 개가 땅에서 올라와 서로 꼬이고 얽히면서 와이번조차 뜯어버릴 수 없을 만큼 두껍고 단단하게 둥근 가시 전당을 이루었다. 로브 안에 손을 넣은 탈리스는 방수포로 싼 보라색 주머니에서 커다란 도토리를 꺼냈다. 그러고는 가시 뿌리 근처에 대고 흔들면서 조용하게 주문을 읊조렸다.

아람과 마카사는 가까이에 있는 가시가 천천히 움츠러드는 것을 보았다. 하지만 그 속도가 너무 느려서 탈리스의 성에 차지 않았다.

"이건 너무 오래 걸리겠구나. 식물은 자라나는 존재지 움츠러드는 존재가 아니니까."

그러고는 다시 주머니를 뒤지기 시작했다.

"지금 뭐하시는 겁니까?" 마카사가 물었다.

"귀중한 동맹을 만들고 있어요."

탈리스 대신 아람이 그렇게만 설명했다.

"아하!"

탈리스의 목소리가 너무 커서 모두 주위를 둘러보았지만, 따라오는 자는 없는 듯했다. 탈리스는 다른 주머니에서 다른 도토리를 꺼냈다. 먼저 꺼낸 도토리보다 작은, 그저 보통 크기의 도토리였다.

"이게 효과가 있겠지. 물러나거라."

탈리스는 두 번째 도토리를 가시덤불 사이로 던진 다음 흙을 약간 덮었다. 그러고는 뒤로 물러나 아람과 마카사 옆에 섰다. 그때 무언가 생각났는지 탈리스는 다시 무릎을 꿇고 도토리를 덮은 흙 위에 침을 뱉은 다음 둘에게 미소를 지으며 속삭였다.

"물기를 좀 더하면 나쁠 게 없지."

탈리스는 다시 뒤로 물러선 뒤, 처음에 꺼낸 도토리를 들고 무언가 읊조리기 시작했다.

　말루스가 주안점을 두었던 것은 자신의 인내심이었다. 혹은 고르독의 부족한 인내심이었다. 말루스는 오우거 누구에게도 그다지 깊은 인상을 주지 않는 존재처럼 보였고, 고르독은 하찮은 인간 한 명을 처리하는 데 이렇게 오래 걸릴 리가 없는 존재처럼 보였다. 둘 다 기회를 엿보고 있었는데, 고르독이 까다롭게 굴 리 없다는 사실을 말루스는 알고 있었다. 그래서 고르독이 거부할 수 없는 기회를 만들 생각이었다.

　말루스는 왼손에 검을 쥐고 있었고, 고르독은 오른손에 전투 도끼를 쥐었다. 말루스가 고르독의 왼쪽으로 달려들며 고의로 깊이 찔러 들어가면서 자신의 등을 노출했다. 고르독이 기다리던 기회인 동시에 말루스가 오우거 왕을 위해 만들어준 기회였다.

　고르독이 오른팔을 높이 들어 말루스를 완전히 두 동강 낼 만큼 빠르고 세차게 도끼를 내려찍었다.

　그러나 말루스는 왼손에서 오른손으로 능숙하게 검을 바꿔 잡은 다음 쳐올렸다. 말루스의 검이 골두니가 휘두르는 도끼를 막으며 옆구리에 깊이 들어가 박혔다. 고르독은 고통으로 얼굴을 찡그렸고 말루스는 곡선형 단검을 자신의 몸에서 뽑아내 고르독의 목을 벴다. 말루스의 상처에서 나온 피는 조금이었지만, 고르독의 목에서는 피가 세차게 뿜어져 나왔다.

자신의 단검으로 치명적인 상처를 입은 고르독은 죽어가긴 했지만 아직 죽지는 않았다. 손에서 전투 도끼를 놓친 뒤였으나 방심한 말루스의 턱을 주먹으로 강타했고 말루스는 나가떨어졌다.

시간과 피가 다하기 전에 하찮은 말루스 인간을 처치하고자 고르독은 비틀거리며 다가갔다.

크게 한 방을 맞고 흔들렸지만, 말루스에게는 자신의 검과 고르독의 단검이 있었다. 미처 일어나지 못했던 말루스는 고르독이 다가오자 검과 단검을 고르독의 발에 찔러 넣었다. 죽어가는 오우거의 왕을 그 자리에 고정시키기라도 하듯, 검 두 개는 발을 관통하여 땅까지 파고들었다.

무기력해진 고르독의 손아귀에서 말루스가 몸을 굴려 빠져나오자 관중들은 침묵했다. 말루스는 일어나 경기장을 가로질러 달려가 샛별둔기를 집어 들고 고르독의 등을 바라봤다. 무거운 샛별둔기를 휘두르느라 옆구리의 상처가 벌어졌지만, 고통 따위에 신경 쓰지 않았다. 말루스는 적당한 원심력을 일으킨 다음 앞으로 나아갔다. 고르독은 여전히 등을 돌린 채 발을 빼내려고 애쓰면서 고개를 돌렸다. 그러나 이미 너무 늦었다. 지금 시점에서는 무슨 노력을 해도 아무 의미가 없었다. 말루스는 마지막으로 샛별둔기를 휘둘러 고르독의 커다란 머리를 내리쳤다. 그것으로 끝이었다. 혈투의 전장 골두니 왕 고르독이 죽었다.

잠시 동안 고르독의 몸은 그대로 서 있었다. 원형 경기장 전체가 숨을 죽이고 기다렸다. 그러다 오우거 왕의 왼쪽 다리가 꺾이고 곧이어 쿵 소리와 함께 커다란 몸이 쓰러졌다. 담요를 뒤집어쓰고 멀리서 울리는 천둥소리를 들을 때와 비슷한 소리였다.

말루스는 거친 숨을 몰아쉬었지만, 서서히 승리의 미소가 얼굴에 퍼졌다. 그는 오우거 관중을 바라보며 선언했다.

"도전자가 승리했다! 소년은 내 차지다!"

모두의 눈이 노예 우리로 향했다. 그리고 이내 소년이 없다는 사실을 알아차렸다. 발드레드가 뛰어나가려는 찰나, 머키가 재빨리 그물을 최대한 높이 치켜들자 발드레드가 그물에 얽혀버렸다. 그리고 불안정하던 오른쪽 다리가 무릎에서 떨어져 나갔다. 싸르빅, 스로그, 자스라가 물끄러미 바라봤다. 스로그는 웃기까지 했다.

쓰러진 발드레드의 머리 위까지 그물을 덮어씌우고서 머키는 달렸다. 이번만큼은 그물에 얽히지 않고 도망칠 수 있었다. 그물을 두고 가기는 싫었지만 숙부의 다급한 외침이 들렸다.

"응크! 응크! 머키 아옳옳올르르 아옳옳올로로 아옳올올올올 응크머머멀룩!"

친구 우룸을 도울 수만 있다면야 소중한 그물이라도 기꺼이 포기할 수 있었다.

자스라와 스로그가 머키를 쫓기 시작했다. 말루스가 옆구리를 붙잡고 헐떡이며 외쳤다.

"멀록은 내버려둬! 소년을 찾아!"

바로 그때였다. 거대한 참나무가 땅에서 곧장 자라나, 아니 솟구쳐 터져 나와 가시 전당을 완전히 산산조각 내버렸다.

모두 그 자리에 얼어붙었다. 전당이 있던 자리에는 이제 거대한 참나무와 안에 갇혀 있던 새끼 와이번 세 마리만 남아 있을 뿐이었다.

외눈박이 와이번이 포효하기 시작했다. 어미에 비하면 작지만 곰만큼 커다란 새끼 와이번들이 어미의 부름에 응답하고는 곧장 날아올라 동쪽으로 멀리 사라져버렸다.

아람은 활짝 웃으며 새끼 와이번들이 날아가는 광경을 지켜보다 참나무 뒤에서 걸어 나왔다. 옆에는 탈리스와 한 손에 말뚝 작살을, 또 다른 손에는 흰날검을 든 마카사가 서 있었다.

탈리스는 빙그레 웃으며 조심스럽게 도토리를 다시 싸서 보라색 주머니에 넣었다. 그리고 타우렌어로 어미 와이번에게 무언가를 말했다.

외눈박이 와이번은 고개를 돌려 커다란 머리로 아람에게 끄덕 인사를 건넸다.

"우리를, 아니 아람 너를 도와주겠다고 하는구나. 새끼들을 구해준 은혜에 대한 보답으로."

탈리스의 말에 아람은 기뻐하며 마카사에게 속삭였다.

"이제 집까지 절반은 왔어요."

그러고는 노예 우리를 가리키며 와이번에게 외쳤다.

"포로들을 풀어줘!"

와이번은 별 힘도 들이지 않고 노예 우리 옆면을 부쉈다. 먼지가 채 가라앉기도 전에 쓱싹은 큰 소리로 웃으며 멀록들을 이끌고 나왔다.

"애야, 네가 해냈구나!" 양털수염이 맨 뒤에서 소리쳤다.

오우거들은 지도자가 없어지는 바람에 어쩔 줄을 몰라 하며 우왕좌왕했다. 그러나 워르독은 포로를 계속 잡아두는 게 자신의 일이라는 걸 알기에 모두를 다시 잡아들이려고 곧바로 오우거 교도관들에게 고함치며 행동에 나섰다. 가장 가까이 있던 오우거 둘이 달려들었지만, 늙은 타우렌 양털수염은 아람이 살아남아 이런 일을 해낸 것에 힘을 얻었다. 그는 절뚝거리며 앞으로 나아가 오우거 둘의 머리를 잡고 서로 박치기를 해버렸다. 머리가 깨지진 않았지만 오우거 둘 모두 그대로 쓰러져 한동안 정신을 차리지 못했다. 양털수염은 의기양양하게 껄껄 웃었다.

아직 샛별둔기를 쥐고 있던 말루스는 격투장을 가로질러 25미터쯤 떨어져 있던 아람을 향해 곧장 달려갔다. 그러나 관중석에서 내려와 왕의 시체를 보며 어리둥절해하고 있던 고르독의 경비병들이 말루스를 막았다. 재빨리 해치우긴 했지만 소중한 시간이 흘러가버렸다.

워르독의 외침이 싸르빅, 스로그, 자스라, 쌩쌩이, 아직 머키가 씌운 그물에 얽힌 채 검은 혈암 단검으로 그 저주받은 그물을 잘라 내느라 정신없는 발드레드, 그리고 말루스의 부하들을 지키고 있던 오우거 전사들의 귀에 닿았다. 곧 창을 든 창병 오우거들이 가려진 자들의 주위를 세 겹으로 둘러쌌다.

싸르빅이 주문을 외기 시작했지만 오우거 하나가 창으로 부리 아래를 겨누고 민감한 목을 쿡쿡 찔러대자 입을 다물었다.

발드레드가 한숨을 쉬며 말했다.

"누구 내 다리 좀 집어줄 사람 없소?"

공식적인 기록을 위해 말하자면, 아무도 없었다.

오우거 교도관들이 부서진 우리를 넘어 달려갔지만 거기서 마주친 것은 외눈박이 와이번뿐이었다. 외눈박이는 첫 번째 교도관의 머리를 떼어내고, 두 번째 교도관은 독침으로 찌르고, 세 번째 교도관은 발톱을 휘둘러 단번에 해치워버렸다.

교도관 둘이 창을 마구잡이로 휘두르며 외눈박이의 시선을 다른 데로 돌리는 동안 워르독이 그 옆을 지나갔다. 창병들은 자신들이 쫓는 목표물이 와이번과 한편임을 알면서도 거대한 와이번에게 공격 한번 제대로 하지 못했다. 외눈박이 와이번은 창병 오우거들을 모조리 저세상으로 보내버렸다.

경비병 오우거들을 처리한 말루스는 늘 그렇듯이 자기 혼자 전부

다 해결해야 한다는 사실을 알았다. 말루스는 샛별둔기를 던져버리고는 죽은 고르독의 발에서 자신의 검을 뽑아 들고 달려 나갔다.

한편 워르독은 절뚝거리는 양털수염을 쉽게 붙잡아 옆으로 던져버렸다. 아찔함을 느끼며 휘청거리다 쓰러진 양털수염은 일어나려고 애를 썼다.

워르독은 거대한 두 손으로 멀룩을 잡아 어깨너머로 던져버린 후 곧 다시 잡아 우리나 구덩이로 돌려보내면 된다고 생각했다. 그러나 머르글리 숙부와 머르를 숙모를 양손에 하나씩 잡았을 때, 머키가 워르독의 등을 잽싸게 타고 올라가 다리로 목을 감고 손으로 눈을 가려버렸다. 워르독은 머르글리와 머르를을 떨어뜨리고 머키를 잡으려 했지만 멀룩은 미끄럽고 잘 늘어나는 통에 떼어내는 데 몇 분이 더 흘렀다. 그러나 결국 한 손에는 머키의 양쪽 발목을, 다른 한 손에는 머키의 양쪽 손목을 붙잡을 수 있었다. 그리고는 발목과 손목을 반대 방향으로 잡아당기기 시작했다. 머키가 비명을 지르는 순간, 워르독이 갑자기 동작을 멈췄다.

놀란 머키가 아래를 내려다보았다. 더 놀란 워르독도 아래를 내려다보았다. 워르독의 가슴 앞으로 나무 말뚝이 나와 있었다. 둘 다 고개를 들었다. 머키가 소리쳤다.

"므르크사!"

워르독은 아무 말도 하지 못한 채, 무릎이 꺾이면서 풀썩 내려앉

앗고 그러는 바람에 머키는 거꾸로 떨어져버렸다.

하지만 꼬마 멀록은 신경 쓰지 않았다. 곧바로 발딱 일어나서는 마카사에게 달려가 미끌미끌하게 꼭 안아주었다. 마카사는 머키를 떼어내려고 했다. 등판 넓은 오우거 워르독이 아직 죽지 않았기 때문이었다.

워르독은 비틀거리며 일어났다. 무턱대고 허리에 찬 전투 곤봉을 찾았지만 잡히지 않았다. 그래서 피 묻은 말뚝을 가슴에서 뽑아 들고 앞으로 달려갔다. 그 와중에 마카사는 아직도 팔뚝에 달라붙은 채 행복해하며 고마움을 표시하는 머키를 떼어내고 있었다.

그때 운 좋게도 쓱싹이 나타났다. 쓱싹은 치명상을 입은 워르독의 발을 살짝 걸었고, 워르독은 얼굴을 땅바닥에 박으며 쓰러졌다. 쓱싹은 워르독의 전투 곤봉을 빼내 한 방에 보내버렸다. 마카사가 놀에게 고개를 끄덕여 감사를 표했다. 쓱싹도 되받아 고개를 끄덕였다. 머키가 드디어 마카사를 놔주긴 했지만 얼마나 위험했는지는 알지 못하는 듯했다.

그러는 동안 말루스가 가까이 다가왔다. 쓱싹이 곤봉을 들고 돌아섰지만, 마카사가 그 앞을 막아서고는 쇠사슬을 돌리며 말루스를 구석으로 몰았다. 파도타기호에서 말루스가 싸우는 모습을 보았기에 만전을 기할 생각이었다.

그러나 쓱싹도 마카사도 말루스가 찾는 아람이 아니었다. 그때 아람이 외쳤다.

"외눈박이!"

말루스는 날아드는 와이번의 독침을 간신히 피했다. 방어 태세를 취하던 말루스는 외눈박이 때문에 뒤로 밀리면서 아람과 다른 이들로부터 멀어졌다.

와이번을 발견했던 순간부터 이런 싸움만큼은 피하고 싶어서 말루스는 고르독에게 일대일 결투를 하자고 도전한 것이었다. 계획은 이렇게 어그러졌지만.

말루스도 아람처럼 와이번의 외눈을 이용하려 했지만 옆에 쓱싹 같은 조력자, 아니 스로그조차 없었기에 와이번의 정신을 분산시킬 수 없었다. 오우거들에게 둘러싸인 상태라 가려진 자들은 대장을 도우러 올 수 없었다. 말루스가 고르독과의 싸움에서 성공적으로 사용했던 방법대로 와이번의 목을 향해 달려들었지만, 와이번이 거대한 발로 강하게 내려치자 힘 한번 쓰지 못한 채 노예 우리의 두꺼운 나무 울타리로 내동댕이쳐지고 말았다. 강한 타격으로 기절한 말루스는 부서진 나무와 함께 무너져 내리고는 더 이상 움직이지 않았다.

*　　*　　*

원형 경기장에 있던 오우거 대부분은 노예 우리에서 일어나는 일이 무대에서 펼쳐지는 추가 공연인 양 흥미진진하게 지켜보며 자리에 남아 있었다. 몇몇 오우거는 천천히 자리에서 일어나 고르독의 시체 옆으로 다가갔다. 아무도 싸움에 뛰어들려고 하지 않았다. 지도자가 죽은 상황에서 이제 무얼 어떻게 해야 할지 몰라 골두니 오우거들은 얼빠진 상태가 되어버렸다.

쓱싹과 마카사는 오우거 관중들이 자신들을 덮칠지도 모른다는 생각에 경계를 늦추지 않았다. 마카사가 외쳤다.

"아람, 뭘 하려는지는 몰라도 빨리 시작하는 게 좋겠어!"

아람과 탈리스는 양털수염이 일어나도록 돕는 중이었다. 그리고 머키는 숙부와 숙모 사이에 끼인 채 안겨 있었다. 세 멀록은 자기네 말로 빠르게 떠들어댔다. 중요한 이야기를 나누고 난 뒤 머르글리 숙부는 조카를 자랑스러워하는 듯했다. 머키는 플루르를로크르감이 아닐 뿐더러 그 분야에서는 재앙에 가까웠지만 매우 용감한 멀록이라는 데에는 의심의 여지가 없었다. 머르를 숙모는 머키를 보고 정신없이 기뻐했지만, 살아 있는 머키를 보고 받았던 충격에서 아직 벗어나지 못한 상태였다.

조금 전까지 포로 신세였던 무리가 한데 모였다. 아람이 양털수염에게 말했다.

"관문에는 보초가 없어요. 멀록들을 데려가주세요. 그들을 마을까지 인도해주셨으면 해요. 쫓아가는 오우거는 없을 것 같아요."

"그걸 왜 내가 해야 하지? 네가 길을 안내해줘. 네가 우리 대장이

잖아!"

"대장이요? 제가요?"

깜짝 놀란 아람이 늙은 타우렌을 빤히 쳐다보았다.

"그럼 누구겠어?" 양털수염과 탈리스가 동시에 말했다.

"음, 어… 저는 그쪽으로 안 가거든요."

"머키 웅크 음가 플름. 머키 음가 우룸!"

"머키는 아람이 어딜 가든 따라간다는구나." 탈리스가 통역했다.

"쓱싹도 아람과 함께 간다!" 쓱싹이 어깨너머로 외쳤다.

마카사가 이를 악물었다. 일행이 또 느는 게 너무 기뻐서 그러는 건 분명 아니었다. 그러나 머키와 쓱싹은 오늘 무언가를 보여줬다. 어쨌든 지금은 논쟁할 때가 아니었다.

"누가 가든, 일단 움직입시다!"

머키가 숙모와 숙부에게 이제 자기가 있을 곳은 아람의 옆이라며 그게 옳은 일이라고 다시 한 번 안심시켰다. 우룸에 대한 둘의 존경심 덕분에 이 문제는 쉽게 해결될 수 있었지만, 그래도 머르글리 숙부는 우룸이 정말 머키를 곁에 두고 싶어 하는지 물어봐야겠다는 생각이 들었다. 머키는 자신 있게 자기와 우룸은 좋은 '칭구'라고 숙부를 안심시켰다.

둘루스가 통역해주자 우룸은 확실하게 맞장구를 쳐주었다.

"머키는 제 동료예요!"

머르글리 숙부는 꼬마 머머머멀록에게 전에 없던 자신감이 생긴 것을 보고 기뻐하며 앞날을 축복해주었다. 머르를 숙모도 머키를 축복하며 더 많은 침을 흘려주었다.

두 멀록은 머키와 작별 인사를 나누고 다른 멀록들과 합류하여 언덕을 올라 고향 마을로 발걸음을 옮겼다.

양털수염도 멀록 무리를 따라가기 시작했다. 그리고 채 5미터도 가기 전에 멈춰 서서 뒤를 돌아보며 외쳤다.

"호숫골의 아라마르 쏜!"

아람이 돌아보았다.

"나는 멀고어 수할로의 우울 브리즈라이더다!"

아람도 양털수염 아니, 멀고어 수할로의 우울 브리즈라이더를 보며 외쳤다.

"만나서 정말 영광이었어요!"

"아니다! 너를 만난 내가 영광이었다!"

브리즈라이더는 돌아서서 절뚝거리며 멀록들을 따라갔다.

그 순간, 이 탈출 행렬을 고르독의 시종이었던 오우거 소녀가 막아섰다. 늙은 타우렌 브리즈라이더는 전투 곤봉을 휘두르며 자기는 언제든 공격할 수 있다는 뜻을 분명히 전했다. 그러나 오우거 소녀는 부디 자신을 함께 데려가 달라고 간절히 부탁했다. 고르독 왕으로부터 늘 학대받는 모습을 봐왔던 브리즈라이더와 멀록들은 오우거 소녀를 환영하며 일행으로 맞아들였다. 소녀는 곧바로 자신의 유용함을 증명했다. 오우거 소녀는 다리가 불편한 브리즈라이더의 어깨에 팔을 두르고 그를 도왔다. 브리즈라이더는 오우거 소녀의 부축을 받으며 수월하게 언덕을 올라가기 시작했다.

한편, 많은 오우거들이 벌떡 자리에서 일어났다. 외눈박이 와이번이 포효하자 대부분 다시 자리에 앉았다. 탈리스가 와이번에게 타우렌어로 정중하고 예의바르게 등에 탈 수 있게 해달라고 요청했다. 와이번은 목을 울려 응답했고, 탈리스는 다른 이들을 손짓으로 불렀다. 아람이 먼저 외눈박이의 목 바로 뒤에 다리를 벌리고 올라탔다. 탈리스가 그 뒤를 따랐다. 그다음은 머키와 쓱싹이었다. 이제야 마카사는 떠나는 방법을 이해했다. 그 방식이 마음에 들지 않았지만, 역시나 지금은 논쟁할 때가 아니었다. 마카사는 쓱싹 뒤로 뛰어올랐다.

와이번이 날개를 활짝 펴고 하늘로 날아오르기 시작했다. 와이번의 등에 올라탄 일행 모두가 땅에 남겨진 가려진 자들과 골두니 오우거들 그리고 혈투의 전장을 내려다보았다.

그제야 정신이 든 말루스는 머리에서 양털을 털어내고는 몸을 일으켜 세웠다. 위를 올려다보니 와이번의 등을 타고 날아가는 아람이 보였고, 그는 소리를 꽥 질렀다.

"저 애를 잡아!"

자스라가 혀를 끌끌 두 번 찼다. 전갈 쌩쌩이는 자스라가 석궁을 들도록 가슴에서 기어 나와 자기 주인에게 창을 겨눈 오우거의 얼굴로 뛰어내렸다. 자스라는 아람을 겨눠 화살을 쏘았다. 운이 따른다면 나침반을 지닌 채 말루스의 발 앞에 떨어질 수도 있었다.

그러나 나이트 엘프 탈리스의 날카로운 눈이 이런 상황을 놓칠 리 없었다. 탈리스는 아람을 아래로 누르고 아람을 노린 석궁 화살 두 대를 자신의 등으로 막아냈다.

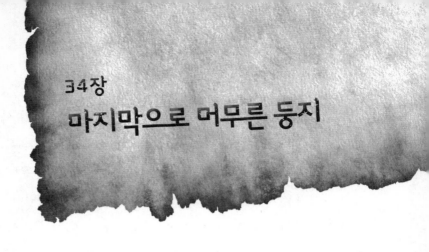

34장
마지막으로 머무른 둥지

외눈박이 와이번은 모두를 싣고 석궁도, 가려진 자들도, 골두니 오우거도 닿지 않도록 하늘 높이 날아올라 동쪽으로 향했다. 아람은 탈리스가 갑자기 왜 자신의 몸을 숙이게 했는지 알 수 없어 어리둥절해하다가 고개를 들었다. 뒤를 돌아보니 탈리스가 인자한 미소를 띠고 있었다. 머키가 뭐라고 소리쳤지만, 탈리스가 조용히 하라고 일렀다.

"잘 둘러봐라. 이런 기회가 흔치 않을 테니."

아람은 고개를 끄덕이고는 외눈박이의 머리 너머로 펼쳐진 아름다운 광경을 보며 경탄을 금치 못했다. 아제로스의 두 달이 아래 페랄라스를 비추고 있었다. 믿기 어려운 광경이었다. 아람의 눈에 황무지처럼 보였던 땅은 위에서 보니 무한한 가능성의 천국이었다.

하늘에서 내려다본 페랄라스는 흥미롭게도 돌과 그루터기로 이루어진 땅에서 울창한 숲으로 바뀌며 수림이 계속 이어졌고, 그 나무 숲은 달빛에 반짝이는 물줄기를 따라 여러 구역으로 나뉘었다.

경이로운 풍경은 계속 이어졌고 아람은 와이번의 등에 탄 채로 칼림도어 전체를 볼 수 있으리라는 상상을 했다. 키가 좀 더 컸더라면, 호숫골까지도 보이지 않을까 생각했다. 무엇보다도 하늘을 나는 느낌이 좋았다. 하늘을 나는 이 놀라운 느낌, 지형이나 장애물을 신경 쓰지 않고 빠르게 이동하는 짜릿함. 무언가가 떠오를 것 같은데… 무언가가….

아람이 고개를 젓고는 미소를 지으며 탈리스를 돌아봤다. 탈리스는 조용히 잠이 들어 있었다. 그리고 그제야 탈리스의 등에 석궁 화살이 박혀 있는 게 보였다.

"탈리스 님!" 아람이 외쳤다.

탈리스가 와이번의 등에서 미끄러질 뻔했지만, 아람과 머키가 재빨리 붙들었다.

시야 대부분이 쓱싹과 머키에 가려져 있는 마카사가 소리쳤다.

"아람, 무슨 일이야? 뭐가 잘못됐어?"

"탈리스 님이 화살에 맞았어요! 등에 두 발이나!"

"일단 호흡부터 확인해!"

아람이 탈리스의 얼굴께로 몸을 기울였다. 아주 힘들게 호흡하는 소리, 쌕쌕거리는 숨소리를 간신히 들을 수 있었다. 아람이 다시 마카사에게 외쳤다.

"호흡은 살아 있어요! 그런데 어떻게 해야 할지 모르겠어요! 화살을 뽑을까요?"

"안 돼! 지금 뽑으면 안 돼! 화살 때문에 살아 계신지도 몰라. 탈리스 님께 손이 닿지 않아. 여기서는 아무것도 안 보여. 착륙해야 해!"

마카사의 외침에 아람이 소리쳤다.

"외눈박이, 착륙해! 안전한 곳을 찾아서 착륙해!"

외눈박이가 알아들었는지 못 알아들었는지 알 수 없었지만 아무런 대꾸도 없었다. 그저 적당한 속도로 날개를 퍼덕이며 저 멀리 날아가는 세 마리의 새끼 와이번을 따라가고 있었다.

"착륙하지 않을 것 같아요! 어떻게 해야 착륙시킬 수 있는지 몰라요!"

아람이 겁에 질린 채 소리쳤다.

"그렇다면 착륙할 때까지 탈리스 님을 최대한 편하게 해드려야 하고, 깨어 있게 해야 해!"

아람은 탈리스를 깨우려고 했다. 파도타기호에서 마카사가 깨울 때 아람이 신음하던 것처럼 탈리스가 신음하며 깨어났다. 몸을 좀 떨더니 탈리스가 눈을 뜨고 말했다.

"잘 둘러봐라, 아람."

"둘러봤어요! 많이 다치셨어요. 외눈박이에게 착륙하라고 말해주실 수 있어요?"

"말이야 할 수 있지. 하지만 그러고 싶어 할 것 같지 않구나. 자기네 둥지에서 새끼들과 만나고 싶어 하거든. 도착할 때까지는 비행과 풍경을 즐기는 게 좋겠구나."

풍경은 이미 즐길 만큼 실컷 즐겼다. 아람은 탈리스에게 모든 신경을 집중했다. 걱정하며 말을 걸고 그를 살폈다. 쏙싹과 머키에게도 계속 말을 걸라고 당부했다. 그러자 탈리스는 아무렇지 않다는 듯 농담까지 했다.

탈리스가 몸을 떨기 시작했다. 뒤늦게 아람은 이 정도 높이의 하늘은 기온이 낮아져 춥다는 사실을 깨달았다. 허리에 묶어놓았던 아버지의 가죽 외투를 재빨리 풀러 탈리스에게 덮어주자 "보통은 내 털가죽으로 따뜻하게 한단다. 고맙구나."라고 속삭였다.

한 시간이 지났다. 또 한 시간이 지났다. 그리고 또 한 시간이···. 탈리스는 아직 숨을 쉬고 있었지만, 눈을 감고 있었고 아람은 말을 걸거나 소리칠 수가 없었다. 때때로 와이번에게 착륙하자고 호소해보았지만, 와이번은 아람의 말을 무시하고 계속 날아가다가 어느 높은 봉우리에 가까워졌다. 그리고 돌연 어떤 경고도 없이 날개를 접고 아래로 곧장 하강했다. 아람은 한 손으로는 와이번의 갈기를 잡고, 다른 한 손으로는 탈리스를 꼭 붙잡았다. 머키도 아람과 똑같이 탈리스를 꼭 붙들고서 속삭였다.

"둘루스, 둘루스, 응크 아욿욿르르, 둘루스···."

와이번이 급격히 방향을 바꾸는 바람에 타고 있던 일행은 땅과 거의 수직을 이루었다. 탈리스가 다시 미끄러지려 하는데 쏙싹이 머키 너머로 팔을 뻗어 탈리스를 붙들었다.

마카사도 돕고 싶었지만 팔이 닿지 않았다.

외눈박이는 다시 날개를 펴고 세차게 하늘 위로 솟구치며 버섯 구름 봉우리가 내려다보이는 바위 지형으로 날아갔다.

그러다 갑자기 날개짓을 멈추고는 내려앉았다. 아람의 상상보다는 훨씬 부드러운 착륙이었다. 그곳은 접근하기가 거의 불가능한 외눈박이의 바위 둥지였다. 새끼 와이번 세 마리는 이미 도착해 어미를 기다리며 서로 털을 골라주고 있었다.

외눈박이가 뒤를 돌아보며 빨리 내리라는 듯 으르렁거렸다. 아람, 머키, 쏙싹이 탈리스를 부축하며 등에서 미끄러져 내려왔다. 마카사는 이미 먼저 내려와 밑에서 탈리스를 받으려고 대기 중이었다. 일행은 나이 든 드루이드 탈리스를 평평한 돌 위에 옆으로 누이고 상처를 살펴보았다. 등에 화살이 깊이 박혀 있었다. 마카사는 미늘이 박힌 화살촉이라는 것을 알았다. 감히 뽑을 엄두가 나지 않았다.

탈리스가 쿨럭쿨럭 힘겹게 기침을 했다.

"버티셔야 해요!"

아람이 탈리스의 머리 곁에 무릎을 꿇고 앉았다.

"그 말엔 동의하지 못하겠구나. 난 여기까지인 것 같다, 아람."

탈리스가 미소를 지으며 속삭였다.

"아니에요. 우린 할 수 있…."

"네가 할 수 없는 일이란다."

탈리스가 다시 기침을 하자 이 사이에서 피가 섞인 침이 뚝뚝 떨어졌다. 호흡이 얕고 거칠었으며 입가에서 미소가 사라졌지만, 목소리에서는 희미하게나마 여전히 농담의 기색이 묻어나왔다.

"마카사가 네게 말하려고 했지… 네가 모두를 구할 수 없다고… 친구, 그 교훈을 참 늦게 배우는구나… 어쩌면… 그게 오히려 다행인지도 모르지…."

"말하지 마세요. 힘을 아끼셔야 해요."

"뭐하러? 그리고… 언제 내가… 말을 안 한 적이 있더냐?"

"포로로 잡혀서 오우거들과 걸어갈 때는 한마디도 안 하셨잖아요."

"음… 삼베 자루는… 좀 힘겹거든…."

탈리스는 숨을 크게 들이마신 뒤 손을 들어 마카사 너머를 가리켰다.

"저것 봐라…."

다들 한 몸인 듯 동시에 고개를 돌렸다. 아람, 마카사, 머키, 쓱싹까지. 외눈박이가 새끼들과 재회하는 광경이 보였다. 외눈박이는 독침이 달린 꼬리로 한 녀석을 감싸 안고, 날카로운 송곳니가 있는 주둥이로 다른 한 녀석을 비비고, 발톱이 달린 발로 또 다른 녀석을 떠받치듯 안아주었다.

"보이느냐, 아람… 네가 해낸 일이다….""

"우리가 해낸 일이에요." 아람이 대답했다.

"우리가 해냈는지도 모르지… 날 일으켜다오… 우리가 어디 있는지 보고 싶구나. 내가 어디서 생을 마감하는지 알고 싶다."

마카사와 쓱싹의 도움을 받아 아람은 탈리스를 일으켜 세웠다. 다섯 명 모두 땅으로 내려온 뒤 처음으로 주위를 둘러봤다. 저 너머와 저 아래까지, 웅장한 버섯구름 봉우리 협곡이 보였다. 대격변으로 잠겨 있는, 좁으면서도 평평한 산봉우리가 물 위에 높이 솟아 있었다. 어떤 봉우리는 마을 하나가 들어갈 정도로 아주 넓었다.

"아….." 탈리스가 한숨을 쉬고는 말을 이었다.

"우린… 하늘봉우리… 꼭대기에 있구나. 이 근처에서 잊지 못할 밤을 보냈었지… 9000년 전쯤에. 음… 잊지 못할 밤이었지… 술을 너무 마셔댔던 것만 제외한다면."

탈리스는 웃으려 했지만 기침만 힘겹게 뱉어냈다. 이제는 숨을 한 번 내쉬는 것조차 애를 써야 했다.

"아람, 중요한 일이다. 넌… 사람들을 하나로 만드는 재능이… 있다… 네 마법으로…."

"아! 탈리스 님의 마법이 있었죠! 그 도토리요! 그게 생명을 가져다주잖아요!"

아람이 지푸라기라도 잡는 심정으로 말했다.

View from Skypeak

하늘 봉우리에서 본 풍경

AKAM

"그래… 내게 그걸 가져다… 다오….”

불안한 마음으로 아람은 서둘렀다. 탈리스의 로브 안쪽 주머니를 뒤적여 보라색 주머니를 꺼냈다. 더듬거리며 주머니를 열려고 하는데 탈리스의 손이 아람의 손과 주머니를 감싸듯 덮었다.

"아람, 들어봐라… 나한테 약속해다오….”

기운 없는 목소리로 탈리스는 간신히 말을 이어갔다.

"하지만….”

"들어봐라, 아람!”

탈리스의 목소리에는 다급함이 실려 있었다.

"가젯잔으로… 가라… 집으로 가는 배를 타야지… 가젯잔에는 드루이드 뜰지기가 있다… 도시에 있는… 나이트 엘프지… 이름은….”

탈리스는 침을 삼키더니 더 많은 피를 토해냈다. 아람이 소매 끝으로 탈리스의 입을 닦아주었다.

"이름은 패이린느… 패이린느 스프링송이다… 그 뜰지기에게 주머니를… 그 씨앗을 가져다주겠다고 약속해다오.”

"약속할게요, 하지만….”

"난 식물이 아니란다, 아람. 씨앗 안엔… 내게 쓸 수 있는… 마법이 없단다. 반드시 이걸… 스프링송에게 가져가야 한다.”

탈리스가 부드럽게 말했다. 그는 고개를 돌리고서 더는 보이지 않는 눈으로 마치 똑똑히 보인다는 듯 머키를 보며 말했다.

"날 위해… 저 아이를 도와서 이 일을 해주겠니?"

"아옳, 아옥. 머키 아옳루 우룸, 둘루스. 머키 아옳루올."

탈리스가 다시 미소를 지었다.

"그래야… 착한… 멀록… 칭구지… 그렇지만 내 생각엔… 내가 보고 있던 건…."

마카사가 조용하지만 단호한 목소리로 말했다.

"주머니를 반드시 전달하겠습니다. 우리 모두 약속드릴 테니 마음 놓으십시오."

"고맙다… 친구들… 보이느냐… 만물의 운명이… 있다는 것을… 길이… 흐름이… 나침반… 그게 나를 이끌었지… 너희들과 함께하라고…."

"죄송해요, 죄송해요."

무엇 때문에 사과하는지도 모르면서 아람은 탈리스에게 사과했다.

"후회는… 없다… 이제 알겠다… 네 길이 넓다는 것을… 그 길이 많은 영혼을 끌어당기지… 난… 영광스럽다… 나침반을 잘… 지켜낸… 첫 번째 수호자가… 될 수 있어서…."

탈리스는 늘 하던 대로 혀로 윗입술을 두드렸다. 마지막으로.

"그럴게요. 약속해요."

"아, 하나… 더… 그 씨앗은… 젖으면… 안… 된다…."

탈리스는 숨을 거두었다.

"고르독은 죽었다! 새 고르독 만세!"

말루스의 선언에 원형 경기장을 가득 메운 혈투의 전장 골두니 오우거들은 침묵했다.

잠시 후, 코를로크라는 이름의 등이 굽고 거대한 오우거가 말루스에게로 향했다. 스로그의 얼굴에 창을 들이대고 있던, 젊은 전사 중 하나였다. 코를로크는 태어날 때부터 눈이 하나였다. 이마 중간에 외눈이 하나 있는데, 이 희귀한 외모가 옛날 오우거 군주들과 마찬가지로 위인이 될 증표라는 이야기를 평생 들어온 자였다.

코를로크는 종종 부족의 패권을 놓고 고르독에게 도전하는 꿈을 꾸었다. 늙은 왕을 이길 자신은 있었다. 그러나 워르독이나 아르쿠스 또는 둘 모두가 자신에게 차례로 도전하리라는 생각 때문에 함부로 덤비기가 두려웠다. 첫 번째 싸움으로 힘을 소진한 후일 테니질 것이 뻔했다. 하지만 지금, 세 가지 장애물 모두 시체가 되어 있었다. 남은 건 인간 하나뿐이었다. 물론 이 작고 하찮은 생물체는 실력이 있었다. 하지만 지금은 고르독과의 싸움으로 인해 지쳐 있고 부상을 입은 상태였다. 이제 코를로크가 골두니 오우거를 다스릴 차례라는 데는 의심의 여지가 없었다.

코를로크는 한 발 앞으로 나서며 말루스를 향해 외쳤다.

"누가 고르독인가? 너?"

말루스가 검을 들고 되받아 외쳤다.

"내가 고르독을 죽였다! 이제 내가 혈투의 전장 골두니의 새 고르독이다!"

그러자 코를로크가 코웃음을 쳤다.

"인간 고르독 안 된다! 오우거만 고르독 된다!"

"나한테 도전하는 건가?"

말루스는 미소를 지었지만 거리가 너무 먼 탓에 코를로크는 알아채지 못했다.

"코를로크 도전한다! 그렇다!" 코를로크가 창을 들었다.

"누구에게 도전하는가?"

"하찮은 말루스 인간에게 도전한다!"

"말루스가 혈투의 전장 골두니의 고르독이 아니라면, 코를로크는 왜 말루스에게 도전하는가?"

순간 코를로크는 당황했다. 이마에 주름이 생기더니 이 수수께끼를 해결하고자 외눈을 가늘게 떴다. 그러고는 대답을 생각해냈다.

"하찮은 말루스 인간 고르독 될 수 있다. 코를로크가 하찮은 말루스 인간 죽일 때까지는!"

"그러니까 말루스가 지금 고르독인가?"

"지금 그렇다! 하지만 곧 죽는다!"

"모든 혈투의 전장 골두니는 말루스가 고르독이라는 데 동의하는가?"

처음에는 아무도 입을 열지 않았다. 그때 코를로크가 외쳤다.

"동의해! 동의해!"

내켜하지 않는 목소리였지만 다른 오우거들도 한목소리를 냈고 이론적으로는 말루스의 현재 위치를 확인해주었다. 어쨌든 말루스가 고르독이라는 사실에는 아무도 이의를 제기하지 않았다.

말루스가 다시 검을 들어 올리자 격투장은 고요해졌다. 말루스가 외쳤다.

"그렇다면 말루스가 고르독이다! 내가 고르독이다! 그리고 고르독은 코를로크의 도전을 받아들인다!"

코를로크가 만족하며 활짝 웃었다. 의기양양하게 두 팔을 올리고 환호성을 기대했으나 아무 소리도 들리지 않자 무척 실망했다. 하지만 새 고르독이 되면 분위기는 바뀔 터였다.

코를로크가 한 발 더 나아가다가 지금의 하찮은 고르독이 검을 든 채 같은 말을 반복하는 모습을 보고 멈춰 섰다.

"내가 고르독이다! 고르독은 코를로크의 도전을 받아들인다! 그리고 고르독은 고르독을 위해 싸우도록 스로그를 선택한다!"

코를로크의 이마에 다시 주름이 잡혔다. 이건 계획에 없는 일이었다. 하지만 이 예상하지 못했던 상황에 그리 오래 고민할 필요가 없었다. 스로그가 순식간에 달려 나와 젊은 코를로크를 뒤에서 칼손으로 찔렀기 때문이었다.

영웅이 될 수도 있었던 코를로크는 원형 경기장 통로에 그대로 쓰러져 죽었다.

말루스가 자신의 검을 다시 높이 들고 말했다.

"또 고르독에게 도전할 자 있는가?"

경기장 전체에 무거운 침묵이 감돌았다. 말루스는 앞으로 문제를 일으킬 만한 자들을 찾으려는 듯 찬찬히 경기장을 둘러봤다. 잠시 시선이 스로그에게 멎었다. 으스러진 손 오우거는 행복해 보이지 않았다. 말루스는 그 이유를 알 수 있었다. 마음 깊은 곳에서 스로그는 전통을 중시하는 자였고 말루스는 오우거의 방식과 골두니의 규칙을 왜곡하여 자기 필요에 따라 입맛에 맞게 이용하고 있었다. 아니면 가려진 자들의 필요에 따라서. 따지고 보면, 스로그가 자기 주인에게 도전하지 않는 이유는 오직 가려진 자들의 대의를 따르기로 서약했기 때문이었다. 스로그가 복종의 뜻으로 머리를 조아렸다.

그 누구도 앞으로 나서지 않았다. 이전 고르독을 죽인 자와 으스러진 손 오우거에게서 이중으로 위협을 느낀 다른 오우거들은 동조할 수밖에 없었다. 말루스는 마지막으로 검을 들고 외쳤다.

"고르독이 죽었다! 새 고르독 만세!"

그러자 혈투의 전장 골두니 오우거들이 한목소리로 외쳤다.

"새 고르독 만세!"

날이 밝고 있었다. 동쪽에서 빛이 보이기 시작했다.

아람은 손에 있는 주머니를 들여다보며 생각했다.

'이제 나도 목숨 빚이 생겼어.'

그런 생각을 눈치채기라도 한 듯 마카사가 말했다.

"동생아, 이 짐은 함께 지자. 너희 아버지의 나침반과 탈리스의 씨앗 모두."

마카사를 올려다보는 아람의 눈에 눈물이 고였다. 지금 눈물을 흘리는 이유가 탈리스를 잃어서일까, 아니면 아버지를 잃어서일까? 아니면 누나, 마카사의 든든한 태도에 감사해서일까? 그 무엇도 확신할 수 없었다. 어쩌면 전부 다인지도 몰랐다. 전부 다. 몹시 피곤해진 아람은 마카사에게 기댔다. 마카사는 팔을 둘렀고 둘은 한동안 말없이 그대로 있었다.

남은 건 와이번의 둥지에서 나와 산 아래로 내려가는 일뿐이었다. 다들 타우렌어는 한마디도 모르는 상황이었지만, 외눈박이 와이번이 고마워하고 있다는 것을 확신한 아람은 손짓 발짓으로 최소한 버섯구름 봉우리의 북동쪽 비탈길까지만이라도 태워달라고 부탁했다.

*　　*　　*

늙은 외눈박이 와이번은 귀찮다는 듯 아람을 외면한 채 눈을 찡그렸다. 하지만 달리 뭘 할 수 있겠는가? 어떻게 해서든 둥지에서 저들을 내보내야 했다. 그 말은 곧 저들을 잡아먹거나 절벽 아래로 밀어 떨어뜨리거나 아니면 아이의 청을 들어주어야 한다는 뜻이었다.

외눈박이는 시끌벅적 떠들며 행복하게 노는 새끼들을 지켜보다가 문득 몇 달 동안의 고통스러웠던 기억을 떠올렸다. 가시 족쇄에 묶인 채 갇혀 있는 새끼들과 생이별을 해야 했던 시간이었다. 아이의 말이 맞았다. 너무나도 고마운 이 아이를 돕지 않을 수 없었다.

탈리스가 숨을 거둔 후, 마카사는 조심스럽게 등에서 석궁 화살을 뽑아냈다. 그건 마카사 종족의 전통이었다. 한 영혼이 죽음의 원인을 영원히 지녀야 한다면 어찌 편히 쉴 수 있겠는가?

쓱싹은 이런 게 꽤 이상하다고 생각했다. 쓱싹의 부족 전통에 따르면 탈리스를 먹어야 했다. 나이트 엘프는 지금 고깃덩이에 불과했다. 쓱싹이 여러 가지 제안을 말해주자 아람은 상당히 충격을 받은 듯했다.

그러나 아람은 화내지 않고 한 손을 쓱싹의 어깨에 올려놓고 말했다.

"그건, 음… 칼도레이 방식이 아니야."

어린 여행자 넷은 조심스레 탈리스를 로브로 쌌다. 아람은 탈리스의 피가 묻은 아버지의 외투를 입었다. 이 여행에서 너무 많은 이를 잃었어. 아람은 그런 생각을 하며 이제는 그 누구도 잃지 않겠다고 단단히 결심했다.

마카사와 탈리스가 가르쳐주려고 했던 교훈, 모두를 살릴 수는 없다는 그 교훈을 아람은 받아들이지 않았다. 그동안 많은 이들을 잃었지만 그럼에도 그 교훈을 받아들일 생각이 없었다. 지금은 아니야. 어쩌면 영원히 아닐지도 모르지.

아람과 머키가 외눈박이의 등에 올라탔다. 마카사와 쓱싹이 탈리스의 시신을 올려준 다음, 뒤쪽으로 올라탔다.

아람은 외투 주머니 안에 도토리를 감싼 주머니가 잘 있는지, 나침반이 셔츠 아래에 안전하게 매달려 있는지, 스케치북이 제대로 뒷주머니에 들어 있는지 한 번 더 확인했다. 그래, 난 짊어진 짐이 많아. 아람은 앞으로 몸을 기울이고 와이번의 귀에 속삭였다.

"그분은 부드러운 땅에, 좋은 흙에, 뭐든지 잘 자랄 수 있는 곳에 묻히고 싶어 하실 거야. 우리를 그런 곳으로 데려가줄 수 있어?"

아람은 와이번이 자신의 말을 알아듣는지 알 수 없었지만, 늙은 외눈박이가 한쪽 눈으로 어처구니없다는 표정을 지었다는 건 분명했다. 뒤에 있는 마카사의 자리에선 그 표정이 보일 리 없을 테니 혼자서 추측만 할 뿐이었다. 덕분에 아람은 조금이나마 미소를 지을 수 있었다. 와이번은 새끼 세 마리에게 아마도 얌전히 놀고 있으라는 뜻이 담긴 어떤 괴성을 내고는, 날개를 펼치고 하늘로 날아올랐다.

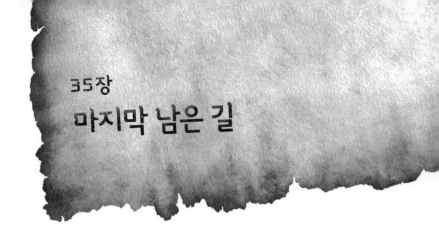

35장
마지막 남은 길

외눈박이 와이번은 하늘봉우리에서 점점 아래로 내려와 부드럽게 남동쪽으로 선회한 다음, 페랄라스와 버섯구름 봉우리의 경계이자 잠긴 협곡의 서쪽 방향에 있는 신록의 산비탈을 향해 마지막 남은 길을 날았다.

갑자기 무언가가 아람을 붙잡고 앞으로 확 당기는 바람에 와이번의 정수리 위로 튕겨 나갈 뻔했다. 방심했던 아람은 탈리스를 놓고 양손 가득히 갈기를 잡았다. 다시 자리를 잡고 머키, 쓱싹, 마카사가 탈리스의 시신을 잘 붙잡고 있는지 확인했다. 그런 다음 자신을 세차게 잡아당긴 힘의 정체가 뭔지 알아내고자 아래를 내려다봤다.

그것은 셔츠였다. 아니, 셔츠가 아니라 셔츠 아래 나침반이었다.

나침반은 아람의 목을 세게 끌어당기며 넝마가 되어버린 아람의 셔츠를 압박하고 있었다. 무의식적으로 아람은 나침반을 밖으로 빼냈다. 그러고는 양손으로 와이번의 갈기를 단단히 잡으며 마음을 다잡았다.

"아람, 무슨 일이야?" 뒤에서 마카사가 외쳤다.

아람은 아무 대답도 하지 않았다. 나침반은 독자적인 생각이 있기라도 한 것처럼 외눈박이가 향하는 방향에서 조금 더 남쪽을 향해 아람을 세게 당기고 있었다.

그런데 바로 그 순간, 나침반이 당기는 힘을 이기지 못하고 목걸이가 뚝 끊어졌다! 나침반이 튕겨 날아갔고, 와이번의 성한 오른쪽 눈 바로 옆을 스치고 지나가는 바람에 외눈박이는 깜짝 놀라 빠르게 하강하기 시작했다.

크게 놀란 외눈박이에게 아람이 소리쳤다.

"저 나침반을 따라가!"

곧바로 아람은 어리석은 짓을 했다고 생각했다. 말을 알아듣지도 못하는 짐승에게 나침반을 따라가라고 소리치다니. 그러나 와이번이란 자고로 깜짝 놀라는 일을 극도로 싫어하는 데다 무엇이든 간에 자신을 화나게 한 대상을 쫓아가는 건 일도 아니었다. 옆으로 쌩하고 지나간 게 뭔지는 몰라도, 그걸 잡아서 먹어 치우겠다고 작정했다. 와이번은 남쪽으로 방향을 확 틀었다.

유일한 문제는 쫓는 사냥감이 아주 작다는 것뿐이었다. 그러니 아람이나 눈이 하나뿐인 와이번은 놓치기 쉬웠다.

아람이 하늘 이쪽저쪽을 살펴보다 나침반을 발견하고는 손가락으로 가리키며 외쳤다.

"저기야!"

외눈박이는 고개를 뒤로 돌려 아람에게 으르렁거리는 소리를 냈다. 아람은 와이번의 머리 위로 납작 엎드려 자신이 가리키는 방향을 볼 수 있게 해주었다.

쓱싹 때문에 시야가 반쯤 가려진 마카사가 외쳤다.

"무슨 일이야? 나침반을 떨어뜨린 거야?"

"아니에요. 스스로 날아갔지 뭐예요!"

"나한테 그런 식으로 말하지 마!"

아람이 한 말이 마카사에게는 우스갯소리처럼 들렸던 모양이다. 손이 닿는 거리에 있었다면, 뒤통수를 한 대 맞았겠지.

아람은 상관하지 않았다. 필사적으로 작은 나침반을 놓치지 않으려고 애썼다. 이때 나침반이 폭포 아래쪽을 향해 빠른 속도로 떨어지기 시작했다. 외눈박이는 날개를 접고 그 뒤를 쫓아 하강했다. 일부러 그때를 노리기라도 한 듯, 태양이 협곡의 동쪽 끝에서 떠오르기 시작했다. 눈이 부신 아람은 순간 눈을 감고 고개를 돌렸다.

다시 돌아봤을 땐 나침반의 위치를 알 수 없었다. 그때 태양 빛이 황동 나침반에 반사되었는지 순간 빛이 반짝이는 게 보였다. 그런데 더 아래쪽에서 두 번째 반짝임이 보였다. 폭포 바로 옆이었다.

저게 도대체 뭐지?

확신은 없었지만 첫 번째 빛이 두 번째 빛을 향해 곧장 나아가는 걸 보며 무언가가 떠올랐다. 무언가가….

와이번도 그 두 개의 빛을 감지하고 강하하는 속도와 각도를 그대로 유지했다.

머키가 비명을 질렀고 쓱싹은 울부짖었다. 마카사는 역시나 아무 소리도 내지 않았다.

아람은 첫 번째 빛이 협곡 바닥의 두 번째 빛과 부딪치는 것을 보았다. 그 충격으로 흙먼지가 일어나는 게 보일 정도로 가까운 거리였다.

이렇게 추락하고 마는가라고 생각했을 때, 외눈박이가 날개를 펼치고 공기를 타며 강하를 멈추었다. 이번엔 부드럽게 착지하지 않았다. 외눈박이는 몸을 45도 각도로 한 채 뒷다리로 쾅 내려앉았다. 그 여파로 탈리스의 시신이 붙잡고 있던 세 명의 손에서 빠져나갔다. 시신은 부드러운 땅 위에 아무렇게나 털썩 내팽개쳐졌다.

아람이 재빨리 와이번에서 미끄러져 내려왔다.

"아람!" 마카사가 바로 뒤에 있었다.

"나침반이 스스로 날아갔다고요."

같은 이야기였지만, 이번엔 마카사도 그 말이 사실임을 알았다.

폭포수 떨어지는 소리가 너무 커서 귀가 먹먹할 지경이었다. 아람은 폭포를 힐끗 올려다본 후 예술가로서 장엄한 그 광경을 마음에 새겨놓았다. 하지만 오래 관심을 둘 수는 없었다. 지금은 그럴 때가 아니었다.

폭포수가 떨어지는 곳에서 6미터 정도 떨어진 곳 어디쯤 아람은 작은 구멍을 발견했다. 그 안에는 흙에 반쯤 묻힌 나침반이 있었다. 수정 바늘은 빙글빙글 돌며 그 어느 때보다도 밝은 빛을 발하고 있었다.

마카사와 외눈박이가 어깨너머로 조심스럽게 들여다보는 가운데 아람이 나침반을 집어 들었다. 외눈박이가 먹을 수 없는 금속임을 확인하고는 못마땅하다는 듯 헛기침을 하고 돌아섰다. 머키와 싹싹은 마카사의 옆으로 다가왔다. 금속 나침반 아랫면에서 무언가 딱딱한 게 느껴졌다. 아람이 나침반을 뒤집었다. 또 다른 수정 조각이 반짝이고 있었다. 나침반 바늘과 비슷했지만 조금 더 컸다. 머뭇거리며 그 수정 조각을 손가락으로 찔러보았다. 그러자 조각이 나침반의 앞쪽으로 미끄러지듯 이동해 바늘 위쪽 유리 위에 고정되었고, 빙빙 돌던 바늘이 갑자기 멈추었다. 이제 수정 바늘과 수정 조각 두 개는 남쪽을 가리키고 있었다.

여전히 머뭇거리는 손길로 아람은 다이아몬드처럼 반짝이는 수정 조각을 만져보았다.

빛의 목소리가 들려왔다.
"아람, 아람, 네가 나를 구해야 한다!"

빛이 점점 더 밝아지고 밝아졌지만, 이번에는 아람이 고개를 돌리지 않았다….

"아람! 아람!" 마카사가 멍해 있던 아람을 흔들었다.

아람은 나침반을 내려다보았다. 바늘도 새로운 조각도 빛나지 않았다. 아람은 천천히 마카사를 돌아보며 조용히 말했다.

"제게 말하고 있어요."

마카사는 이해가 가지 않았지만 아람의 말을 농담으로 여기지 않았다.

"뭐가? 뭐가 말하고 있는데?"

"빛이요. 제가 빛을 구해야 해요."

아람은 마카사에게 논리적으로 이야기할 수 없다는 걸 알았다. 아람 자신조차 이성적으로는 납득할 수 없었으니까. 하지만 올바른 일이라고 느꼈다.

무언가 명확해지면서 아람은 아버지가 왜 그토록 이 나침반을 지키려 했는지 알 수 있었다. 쏜 선장은 이 나침반이 아람이 가야 할 곳으로 이끌어준다고 말했었다. 아람은 그곳이 호숫골의 집이라 생각했다. 이제 와서 보니 말도 안 되는 정도가 아니라 어리석은 생각이었다. 무언가 더 큰 일이 기다리고 있었다. 무언가 아주 중요한 것이. 그레이던 쏜 선장은 아들이 그것을 마주할 준비가 되어 있길 원했고, 시간이 다하기 전에 마주할 수 있도록 훈련을 시켰다.

이 '구원이 필요한 빛'은 이제 아람이 책임져야 할 대상이었다. 또 다른 짐이 생긴 것이다. 그러나 동시에 아버지가 부여한 명예이자 특권이라고 여겨졌다. 아람은 이제 왜 쏜 선장이 자신의 아들을 파도타기호에 태웠는지, 나침반을 던져버리지 않고 자신에게 주었는지 궁금하지 않았다. 아버지에게 느꼈던 그 수많은 분노와 억울함은 완전히, 또 영원히 사라져버렸다. 그리고 마음속으로 자신을 이렇게까지 믿어준 아버지가 고마웠다. 쏜 선장이 아들 아라마르 쏜과 딸인 마카사 플린트윌을 믿어줘서 고마웠다.

나침반 바늘이 다시 한 번 남동쪽을 가리켰다. 그곳에도 수정 조각이 또 있을까? 어쩌면 가는 도중 어딘가에 묻혀 있는 걸까? 탈리스는 분명, 나침반이 남쪽에서 북쪽으로 향하는 누군가 혹은 무언가를 가리키는 것일지 모른다는 가설을 세웠었다. 이제 보니 오우거한테 끌려가면서 오히려 이 특별한 빛의 조각에 가까워졌고, 그 덕에 나침반이 위치를 포착해냈다는 생각이 들었다. 조각을 찾은 후, 나침반은 다시 원래 방향인 남동쪽의 가젯잔을 가리켰다. 아버지에게 나침반을 지키겠다고 약속했듯이, 탈리스에게는 도토리를 가젯잔으로 가져가 드루이드 뜰지기에게 전해주기로 약속했다. 아람이 마카사에게 말했다.

"모든 길은 가젯잔으로 통하죠."

마카사가 고개를 끄덕이고는 같은 말을 되풀이했다.

"모든 길은 가젯잔으로 통하지."

"가젯잔으로." 쓱싹이 말했다.

"아윽, 아윽." 머키가 말했다.

부루퉁한 외눈박이 와이번만 못마땅하다는 듯 또 한 번 헛기침을 했다.

*　　*　　*

"그 아이는?" 말루스가 물었다.

"하늘에 있는 애를 추적할 수는 없어."

자스라가 불안감을 감추고 쏘아보며 말했다.

가려진 자들은 혈투의 전장 골두니에서 승리를 거두었다. 말루스는 이제 새로운 고르독이 되어 오우거 부족을 다스리게 되었다. 그러나 승리를 거뒀음에도 누구 하나 그리 기뻐하지 않았다.

발드레드는 예외였다. 이 포세이큰은 두건을 벗고 활짝 웃는 얼굴을 드러냈다.

"쯧쯧쯧. 그러니까 그 소년과 나침반이 또다시 우리 손에서 빠져나갔다는 거군. 심지어 언제나 인상적인 마카사 플린트윌과 미끼였던 멀록까지 함께."

발드레드는 혀를 차며 빈정거렸다.

"나이트 엘프는 내가 죽였어." 자스라가 말했다.

"어쩌면 그랬겠지. 그러나 나이트 엘프는 쉽게 죽일 수 없는 존재로 악명 높아. 그러니 단정 짓지는 말라고. 아직도 그 애한테는 동맹군이 많아. 이제 놀도 함께 있겠지. 어디 보자, 내가 뭐 빼먹은 것 있소?"

"그만."

이 상황이 별로 유쾌하지 않은 말루스가 말을 중단시켰지만 발드레드는 그 말을 무시했다.

"아, 맞다. 그렇지. 그 아이에게는 와이번도 있소!"

발드레드 남작은 그 말을 하며 진심으로 웃었다. 그러자 어딘가 소름 끼치는 소리가 나더니 턱이 빠져버렸다. 하지만 남작은 곧바로 제자리에 딸깍 끼워 넣고서 목소리를 높였다.

"동맹이 넷이라니!"

"이제 뭐해?" 침울해진 스로그가 물었다.

말루스가 한참 동안 생각에 잠겨 있다가 입을 열었다.

"여기로 우회했던 것은 선택이 아니었으니까 제외하고, 처음부터 놈들은 어딘가로 곧장 가는 경로를 따라 움직였어. 가젯잔 쪽이었지. 거기가 놈들의 목적지야. 우리가 갈 곳이기도 하고. 도중에 잡지 못한다면, 도시에서 만나면 돼. 오우거도 보내고."

"부족 전체를?" 스로그가 물었다.

"그래, 전부 다. 혈투의 전장을 비우고 놈들을 사방으로 뿔뿔이 흩어놓을 생각이다. 사슴 길, 산길, 도로, 수로 등을 전부 샅샅이 뒤지게 해야지. 이 오우거들은 이제 내 것이니, 더는 골두니가 아니야. 가려진 자들이지. 그러니 제대로 써먹어야겠지."

스로그는 비참해지고 화가 났지만, 고개를 끄덕이며 말루스의 말에 따르겠다는 뜻을 밝혔다.

"모두 가젯잔에서 만난다."

말을 이어가던 말루스가 싸르빅을 냉담하게 바라보며 말했다.

"불가피호에 있는 네 누이에게 전갈을 보내. 배를 그곳으로 가져왔으면 한다고."

"당신이 틀렸으면 어쩌려고?" 싸르빅이 물었다.

"난 틀리지 않아."

"만약 소년이 나치이이임반을 사아아아용했으면 어쩌지? 그 거어어엄의 조가아악을 차아아앗았다면?"

"그렇다면 우리 자신을 지키기가 훨씬 더 어려워지겠지."

'우리 주우우인은 기뻐어어하는 법이 없어.'

싸르빅이 속으로 대꾸했다.

싸르빅이 침묵으로 대답하는 게 마음에 들지 않는 말루스가 새 인간을 노려보며 말했다.

"아무도 이번 일이 빨리 끝날 거라고는 하지 않았어. 그놈에게 경기는 아직 끝나지 않았다고 전해."

"똑딱."

"쓱싹."

"똑딱…."

"아니다. 쓱—싹."

"똑—딱. 똑딱."

"그 정도면 됐어."

마카사는 머키와 쓱싹이 이렇게 똑같은 말을 계속 주고받다가는 자기 손으로 둘 다 가만두지 않을 것 같아서 쓱싹의 이름에 대한 끝없는 논쟁을 그만두게 했다.

아람은 와이번의 모습을 담고자 스케치북을 넘겨가며 손짓 발짓으로 열심히 설명했다. 이윽고 허락이라고 생각되는 반응을 얻어낸 아람은 늙은 외눈박이를 자신의 '마법책'에 그리고 있었다. 외눈박이가 날아가 버리지도 않고, 어찌된 일인지 움직이지 않고 가만히 있어준 덕에 아람은 조금 더 잘 그릴 수 있었다. 아람은 진지하게 그런 영예를 주어서 고맙다는 마음을 표했다.

추가로 아람은 새끼 와이번 세 마리도 같이 그렸다. 새끼의 모습을 기억해서 그리려 했지만, 충분히 봐두지 못한 탓에 믿을 만한 기억이 아니었다. 대신 외눈박이 와이번을 꼭 닮은, 몸집이 작고 눈이 두 개인 새끼 와이번을 그렸다.

그림을 다 그리고 난 후, 혹시나 기뻐하지 않을까 기대하며 그림을 외눈박이에게 보여주었다. 기뻐했는지도 모른다. 혹은 기뻐하지 않았는지도 모른다. 하지만 외눈박이는 그간의 모습과 달리 상당히 협조적인 태도를 보였다. 어쩌면 소년에게 아직 일종의 의무

Old One-Eye and Her Cubs

늙은 외눈박이와
새끼들

ARAM

감을 느끼는지도 몰랐다. 아람이 몸짓으로 요청하자, 외눈박이는 아람이 수정 조각을 찾아낸 땅에 넓고 깊은 구멍을 팠다.

외눈박이가 작업을 하는 동안 아람도 자신의 작업을 했다. 기억에 의지해 그리는 아버지였다. 이전에는 몹시 어려웠지만 지금은 아버지의 모습을 제법 기억할 수 있었다. 어쩌면 지금은 아버지를 조금 더 이해하기 때문인지도 몰랐다. 어쩌면 어머니가 조언해준 대로 자신 안에서 그레이딘 쏜을 발견했기 때문인지도 몰랐다. 아니면 아버지의 조각을 발견해서 그런지도 모르고. 만족할 만한 수준으로 이 그림을 완성할 수 있을지도 알 수 없었다. 아버지를 제대로 평가할 수 있을지도 알 수 없었다. 그러나 지금은 아버지의 그림을 들여다볼 수 있었고 부끄러움을 느끼지도 않았다. 정말로 좋은 마법이었다.

외눈박이가 땅 파기를 마쳤고 마카사와 쓱싹은 탈리스를 무덤 안으로 내려보냈다. 아람은 마지막으로 몇 마디 인사라도 해야 한다고 생각했지만, 입을 열기도 전에 와이번이 꼬리로 흙을 덮기 시작했다.

아람은 기다리며 주위를 둘러보았다. 가벼운 산들바람이 근처의 나무를 스쳐 지나가자 나뭇잎들이 부드럽게 흔들렸다. 지루해진 쓱싹이 뒷다리로 목을 벅벅 긁었다. 하지만 머키는 몹시 슬퍼하면서 정중하게 이 과정을 지켜봤다. 그러다가 거미 한 마리가 거미줄에서 내려오는 것을 발견하고는 곧바로 달려들었다. 하지만 거미는 놓쳤고 입에 들어간 거미줄만 퉤퉤 뱉어댔다. 마카사는 어이없어하며 그저 고개를 저었다.

와이번이 흙을 다 덮었을 무렵, 아람은 모두를 불러 모으고 입을 열었다.

"할 말이 많지는 않아요. 탈리스 님은 아주 오래 사셨고, 우리는 그중에 지극히 작은 부분에 불과하죠. 하지만 그 짧은 시간 동안 그분은 우리 하나하나를 보살펴주기로 선택하셨어요. 이 순간 우리가 그분과 함께 있다는 걸 알면 기뻐하시리라 믿어요. 우리가 이곳에 함께 모여 있다는 걸 아신다면요. 저희 아버지께서는 세상에 온갖 종류의 가족이 있다고 하셨어요. 그리고 우리가 피와 땀으로, 그리고 약간의 마법으로 이렇게 가족을 이뤄내도록 탈리스 님이 도우셨다고 믿어요. 아, 그리고 탈리스 님이 이 자리를 좋아하셨으리라 믿어요. 푸르른 나무로 둘러싸였고 깨끗하고 좋은 흙 밑이니까요."

그리고는 고개를 숙였다. 그때 갑자기 무언가 생각난 듯, 아람은 앞으로 몸을 숙여 탈리스의 무덤에 침을 뱉었다.

"물기를 좀 더하면 나쁠 게 없지." 탈리스가 했던 말이었다.

보고 있던 마카사가 마치 탈리스가 듣지 못하게 하려는 듯 낮게 속삭였다.

"너 지금 그분 무덤에… 침을 뱉은 거야?"

"아, 네."

그제야 아람은 그게 얼마나 무례하게 보일 수 있는지 깨달았다. 그래서 서둘러 덧붙였다.

"잘 자라게 도와줄 거예요! 물기를 더해서 나쁠 건 없다고 미소 지으셨을 걸요."

"무엇에든 미소를 지으셨지."

마치 먹구름 뒤에서 한줄기 빛이 반짝이듯 아람을 쏘아보던 눈초리가 조금 부드러워졌다.

"맞아요. 언제나 무엇에나 미소를 지으셨죠."

아람이 어깨를 으쓱하며 말했다.

여전히 입에서 거미줄을 뱉어내려고 애쓰는 중이긴 했지만, 머키도 침을 뱉었다. 쓱싹은 그게 관습이겠거니 생각하고 무덤에 침을 뱉었다. 모든 눈이 마카사에게 집중되었다. 아람과 눈이 마주친 마카사도 침을 뱉었다.

늙은 외눈박이가 하품을 했다. 이제 그만 돌아가고 싶어 몸살이 나는 모양이었다. 와이번을 타고 가면 가젯잔까지 분명 더 빨리 갈 수 있으리라. 하지만 아람은 이 거대한 짐승에게 이미 너무 많은 것을 부탁했다고 느꼈다. 아람은 외눈박이 와이번에게 감사의 뜻을 전하고는 작별 인사를 했다. 아람 일행은 외눈박이가 날아올라 둥지와 새끼들이 있는 곳으로 멀리 사라져 가는 모습을 지켜보았다.

아람이 주위를 둘러봤다. 더는 머물러 있을 이유가 없었다. 아람은 나침반 목걸이와 걸쇠를 어설프게나마 고친 다음 다시 목에 걸었다. 나침반 바늘을 확인하고서, 손가락을 들어 길을 가리켰다.

"가젯잔?" 마카사가 물었다.

"그렇겠죠. 가면서 들려야 할 곳이 있으면 나침반이 알려주겠죠."

아람이 나침반 목걸이를 셔츠 밑으로 넣으며 대답했다. 외투 주머니를 더듬으며 수정 조각과 탈리스의 도토리를 넣어둔 보라색 가죽 주머니가 잘 있는지 확인했다.

"여러모로… 흥미진진하겠는데." 마카사가 말했다.

"모르긴 몰라도, 흥미롭긴 할 거예요." 아람도 동의했다.

폭포에서 땅으로 흐른 물이 멀리서 반짝거렸다. 일행은 그 물줄기를 따라 언덕 아래로 걸어갔다. 마침내 버섯구름 봉우리의 경계를 건너자 물에 잠겨버린 거대 협곡의 드넓고 찬란한 풍광으로 바뀌었다.

함께였다. 아람, 마카사, 머키, 쓱싹은. 아람이 생각하기에 이 네 명은 별나다면 꽤나 별난 존재들이었다. 그러나 어째서인지 모두 하나가 되었다.

불쑥, 마카사가 말했다.

"그 빌어먹을 스케치북에 내 모습을 그리지 않는 게 좋을걸."

그제야 아람은 한 손에 스케치북을 들고 있었다는 걸 깨달았다. 방수포로 잘 싸서 뒷주머니에 넣으며 말했다.

"그려달라고 부탁하기 전에는 그리지 않는다고 약속해요."

마카사가 만족하며 고개를 끄덕였다. 일행은 한동안 아무 말 없이 계속 걸었다. 한참을 걷던 중에 마카사가 말했다.

"그럼, 이제 부탁할까봐. 그게 좋은 마법이라고 들었거든."

아람이 누나를 올려다봤다. 그리고 둘은 미소를 지었다.

3권에서 계속됩니다.

GREYDON THORNE
그레이던 쏜

A. Thorne